# 「それでもなお」の文学

川本三郎
Saburo Kawamoto

春秋社

# まえがき

文学とは、人が生きる悲しみ、はかなさを語るものではないか。それも大きな言葉ではなく小さな言葉を重ねることによって。

二〇一一年の東日本大震災のあと、とくにそう思うようになった。あれだけの惨事を目の前にしたら、誰もが人の死を考えざるを得ない。その死に耐えようと思ったら、悲しみを悲しみとして静かに言葉にしてゆくしかない。悲しみを慰めてくれるのは悲しみしかない。

本書は、主として震災後に書いた文章を収めている。坂口安吾や林芙美子、永井龍男や野口冨士男らもう亡くなっている作家についても書いているが、彼らの作品をいま読んでいても、悲しみが感じられてくる。読む人間の側に、あの3・11の記憶があまりにも鮮明だからだろう。

文学について語る時、当世風の文学理論や現代思想には関心がない。むしろそうしたところから離れていたい。

基本的に自分が好きになった作品、面白いと思った作品について書いている。

どうして好きになったのか。どこが面白いと思ったのか。そこを自分の言葉で考えてゆく。

まず立ちあがるのが風景で、人と人の関係よりも、人と風景の関係に興味を覚える。人間のあいまいな思考や、べたついた感情を抑えてくれるのは風景だと思う。

主人公が住む町の風景、旅の途中で見る見知らぬ土地の風景、あるいは、記憶のなかの懐しい風景。心象風景とは違う。風景が一瞬、自立した言葉となって描かれ、主人公と向き合う。時には、地名そのもの（架空のものを含めて）が、豊かな具体性を持って、思想や心理とは別の世界を作り出す。

林芙美子の「風琴と魚の町」に描かれた瀬戸内の穏やかな海に面した尾道の町、永井龍男や野口冨士男の描く戦前の懐しい東京の町、あるいは現代の作家、木村友祐『野良ビトたちの燃え上がる肖像』のホームレスたちが住む東京の「孤間川」（架空）の河川敷、木村紅美『雪子さんの足音』の杉並区の小さな町など、風景が書き込まれている作品に惹かれる。

風景は、人間中心の狭い世界から離れ、一瞬、読者を遠くへと連れて行ってくれる。小説はどうしても人間の心理を描くことが多い。それが過剰になると、「自分が、自分が」と自分大事になり、読者は息苦しくなってしまう。風景は、その過剰な自分意識を冷やしてくれる。具体的な地名は、内面の告白や叫び、あるいは湿った情緒を抑えてくれる。

そして、悲しみという最後に残る感情を純化してくれる。風景を意識する時、人は一人を意識する。あるいは一人を意識する時に、風景を意識する。この時の一人は、決して弱い存在ではない。むしろ強い個を持っている。人が生きてゆくなかで感じる悲しみに一人で向き合おうとしている。文学は、負の面からの人間探求というが、その探求の先には、必ず悲しみがある。

丸谷才一は『樹影譚』のなかでこんなことを書いている。

「フランスの某女流批評家が小説の起原について論じてゐる。子供が、自分は両親の実の子ぢやないのぢやないかと疑ふ。それが起原だといふのである」

とすれば、小説の起原には確かに悲しみがある。生きる悲しみが、作家を小説に向かわせ、読者は心の奥底でその悲しみを感じ取る。

いや、小説だけではない。そもそも、言葉そのものが悲しみから生まれ出る。だから、言葉は、その人が生きる、あるいは生きてきた生の総体と関わっている。読者の心をとらえるのは、そうした重みを持った言葉である。

その言葉による作品を言葉によって論じる。批評の難しさを痛感する。

桜木紫乃の『砂上』を読んだ時、評論家として心しなければならないことを思い知らされた。『砂上』で、小説を書こうとしている主人公に、編集者がこんな助言をする。

「屈託とか葛藤とか、簡単な二字熟語でおさまらない話が読みたいんですよね」

この編集者の言葉には、評論家として反省させられるものがあった。評論家は、作家がせっかく二字熟語でおさまらない話を書こうとしているのに、それを小さく要約して「屈託」や「葛藤」、あるいは「孤独」や「苦悩」といったありきたりの二字熟語で語ってしまう。評論の難しさであり、空しさでもある。

作家のほうは、社会の矛盾や生きる不条理をテーマにしながらも、「二字熟語」でおさまらないように努力しているのに、評論家はそれを月並みな言葉で解説してしまう。

これを避けるにはどうすればいいのか。

簡単に答えは出ないが、歴史や現実社会を語る大きな言葉ではなく、日常の細部をとらえる小さな言葉を選んでゆくしかない。国家や社会を語る言葉ではなく、風や木を語る言葉を見つけてゆくしかない。

そうすることによって作家たちが語ろうとする悲しみに近づくことが出来るだろう。

#「それでもなお」の文学　目次

## 第2章　女たちの肖像

## 第3章　孤独と自由を生きる人

# 「それでもなお」の文学

# 第1章

# 痛みとともに歩む者

## 安吾の「ぐうたら」を裏打ちするもの——『日本文化私観』

『日本文化私観』
中公クラシックス、二〇一一年

いきなり大胆なことを安吾は言う。

「僕は日本の古代文化についてほとんど知識を持っていない。ブルーノ・タウトが絶讃する桂離宮も見たことがなく、玉泉も大雅堂も竹田も鉄斎も知らないのである」（『日本文化私観』）

望月玉泉、池大雅、田能村竹田はいずれも江戸期の南画家。富岡鉄斎は明治、大正期の日本画家。要するに坂口安吾は、桂離宮だの玉泉や大雅などの名画家たちのことなど知らない、古典なんか知らないよと大見栄を切っている。

さらにこんな物騒なことも言ってのける。

「法隆寺も平等院も焼けてしまって一向に困らぬ。必要ならば、法隆寺をとり壊して停車場をつくるがいい」

『日本文化私観』は、昭和十七年（一九四二）に書かれ、翌十八年に評論集として出版された。当時、桂離宮や伊勢神宮の美しさを称え大評判になったドイツの建築家、ブルーノ・タウトの同名の書へのパロディ、反発として書かれた。

タウトが、米英と戦う日本のなかに良き文化を「発見」したのに対し、安吾は古い文化などどうでもいいと居直った。太平洋戦争下、多くの日本人が同盟国ドイツの人間に、自国の文化を絶讃され、すっかり舞い上がってしまったなか、安吾はその熱に冷水をかけた。いかにも無頼の安吾らしい。

世俗的なるものこそを愛する安吾には、桂離宮や日本画を賞《め》でるタウトや、それに追随する知識人たちがお高くとまって見えたのである。外国人に「発見」されたからといって有頂天になるな、高級な文化になどなんの価値もないと威勢よく毒づいた。現在の感覚でいえばサブ・カルチャーの立場からのメイン・カルチャー批判になろうか。

そう考えれば、安吾の言っていることはメインに対するアンチであってさほど驚くほどのものではない。驚くのは、これが発表されたのが太平洋戦争のさなかだったこと。

日本精神の高揚が声高に叫ばれていた時代に、そんなものは知らないよと伝法に言ってのけた。伊勢神宮や桂離宮、あるいは法隆寺が神聖な美とされていた時代にあって、それを大胆に否定した。

よくこんな本が昭和十八年という戦時下に出版されたと驚く。変わり者が世の中に拗《す》ねているると大目に見られたのだろうか。

## 「ぐうたら」の精神

　戦時中、安吾は何をしていたのだろう。それが気になる。実は、安吾には兵隊体験がない。日中戦争が始まった昭和十二年には三十一歳。太平洋戦争が始まった昭和十六年には三十五歳。若いとは言えないが、兵隊に行けない齢《とし》ではない。しかも単身者。家族のある大岡昇平は三十五歳の時に召集されている。なぜ戦時下に、兵隊に取られる者と取られなかった者が出るのかは、いまだによく分からない。たとえば映画監督でいえば小津安二郎は召集されているが、黒澤明はされていない。俳優でいえば佐野周二は召集されているが、笠智衆はされていない。

　どうしてこういう差が出るのか。無論、健康状態、家の事情（長男かそうでないか）などが勘案されるのだろうが、戦場に行くか行かないかの差はあまりに大きい。

　安吾の場合はどうだったのか。

　戦後、昭和二十一年に発表された「魔の退屈」は、戦争末期の東京、蒲田での安吾自身の無為の日々を描いているが、そこで、何故兵隊に取られなかったか、やや戯画化して書いている。

「戦争中、私ぐらいだらしのない男はめったになかったと思う。今度はくるか、今度は、と赤い紙キレを覚悟していたが、とうとうそれも来ず、徴用令も出頭命令というのはきたけれども、二、三たずねられただけで、外の人たちに比べると驚くほどあっさりと、おまけに『どうも御苦労様でした』と馬鹿丁寧に送りだされて終りであった」

「赤い紙キレ」、つまり赤紙、召集令状がいつ来るか、いつ来るかと待っていたが、ついに来なかった。なぜなのか。安吾は言葉を続けている。

「けれども、役人は私をよほど無能というよりも他の徴用工に有害なる人物と考えた様子で、小説家というものは朝寝で夜ふかしで怠け者で規則に服し得ない無頼漢だと定評があるから、恐れをなしたのだろうと思う」

どこまで本当かは分からないが、当局から見て作家という無頼の徒は役立たずとみなされたのは事実だろう。いわば安吾は「だらしなさ」によって戦時に対処したと言える。

戦争に反対するわけではない。無論、軍国主義の風潮に便乗するわけでもない。「鬼畜米英」「ぜいたくは敵だ」と国を挙げて戦争に熱狂している時に、安吾は「だらしなさ」によってその熱狂の外にいる。同じように戦争とまったく関わらなかった永井荷風とも違う。荷風が精神の貴族として世捨人の超然たる立場を保ったのに対し、安吾は精神の無頼として戦争の熱狂から自ら落ちこぼれていった。

昭和二十二年に発表された小品はその名も「ぐうたら戦記」。戦争中、自分はいかに「ぐうたら」だったかとこれも自己戯画化して書いている。

「私は類例の少いグウタラな人間だから、酒の飲めるうちはノンダクレ、酒が飲めなくなると、ひねもす碁会所に日参して警報のたびに怒られたり、追いだされたり、碁も打てなくなると本を読んでいた。防空演習にでたことがないから防護団の連中はフンガイして私の家を目標に水をブッカケたりバクダンを破裂させたり、隣組の組長になれと云うから余は隣組反対論者であると言ったら無事通過した。近所ではキチガイだと思っているので、年中ヒトリゴトを呟いて街を歩いているからで、私と土方のT氏、これは酔っ払うと怪力を発揮するので、この両名は別人種さわるべからずということになって無事戦争を終った」

まさに「ぐうたら」。国全体が戦争の熱狂のなかにある時に、安吾ひとりは堂々と浮いている。「別人種（にて）さわるべからず」のお墨付きをもらい隣組からも相手にされない。そして「ぐうたら」のままに「無事戦争を終った」。

「なんと不真面目な」と思わず笑ってしまうが、話半分にしても「ぐうたら」の抵抗ぶりに拍手を送りたくなる。「ぐうたら」に徹して戦争をやりすごす。こんな対処の仕方をしたのは安吾ぐらいではないか。

一方で、兵隊が嫌いで「私が最も怖れていたのは兵隊にとられることであった」と率直に書いている。死そのものよりも、くだらぬ上官に殴られるのはたまらないから。

死ぬのは怖くない。この戦争は、日本が負ける、亡びると信じていたし、自分も国と共に亡ぶと諦めていた。だから開きなおって楽天的になっていた。

こんな「ぐうたら」な人間にとっては、日本の高尚な文化に美を見出すブルーノ・タウトや、それに感動してしまう知識人などせせら笑うしかない。国が亡びようとする時に、美なんかありはしない。エリートたちに否定されるもののなかにこそ肯定すべきものがある。美に対する態度も不真面目、「ぐうたら」に徹する。俗っぽいと批判されるもの、醜いと蔑視されるもの、愚劣と笑われるもの、総じて中心からはずれた、いわば周縁的なものこそを肯定しようとする。

タウトが日本でもっとも俗悪な都市といった新潟市に生まれた安吾は、伊勢神宮や桂離宮より上野から銀座にかけてのネオン輝く街こそを愛するという。俗悪なもののほうが美しい。

京都や奈良の寺々には惹かれないが、京都の伏見稲荷の「俗悪極まる赤い鳥居の一里に余るトンネル」のことは忘れることは出来ない。さらに普通、誰も目にとめない小菅刑務所の建物が、美的装飾が何もないからこそ素晴しいと言う。築地の聖路加病院のそばにあるなんの変哲もないドライアイスの工場も素晴しい。この建物には小菅刑務所と同じように「美的考慮」というものがいっさいない。同じように、ある港町で見た駆逐艦の形にも美しさを感じる。そこには美しいものを作ろうという下心がない。ただ必要なものが必要な場所に置かれている。

戦後、安吾と結婚した三千代の回想記『クラクラ日記』によると安吾は、一年の半分を裸で暮していたという。丸裸の褌《ふんどし》一本。そういう安吾は精神の虚飾を嫌った。平俗に言えば、上品ぶるな、気取るな。

京都にいた頃（昭和十二年頃）、名所旧蹟には興味がなく、ある時、嵐山のうらぶれた芝居小屋に入ったら「猫遊軒猫八」なるおよそ芸のないインチキくさい芸人が出て来たのが面白かったと書くのも、この芸人が虚飾を感じさせなかったためだろう。

また京都の小さな活動小屋で見た貧弱なレヴューのなかで貫禄のある芸人が出ていたのに感動し、あとでレヴューに詳しい知人にあれは誰かと聞くと「モリシン」「モリカワシン」と言う（「青春論」）。これがのちに山田洋次監督『男はつらいよ』のおいちゃん役で知られる森川信なのだからうれしくなるではないか。「ぐうたら」の炯眼《けいがん》である。

そもそも真面目な人間は桂離宮や竜安寺の石庭を見ることのほうが大事で、レヴューなど見に行かない。存在さえ知らないかもしれない。

「ぐうたら」な人間でありながら京都の寺や奈良の仏像が全滅しても困らないが、電車が動かなくては困ると「生活の必要」を説いているのも面白い。美などという高尚なものより、人間の暮しに役立つもののほうがいいに決まっていると言っている。どこまでも気取った美、いや、美を語ることによって気取ろうとする精神が我慢ならないのだ。

## 肯定しつづける安吾

「堕落論」は戦後、昭和二十一年に発表され、大きな衝撃を与えたあまりにも有名な文章。そしてここにも「ぐうたら」の精神がみなぎっている。

昭和二十年八月十五日の敗戦によって、それまでの価値観が一気に崩壊した。大東亜共栄圏も神国日本も八紘一宇も消え去り、多くの日本人は呆然とした。そんな時、安吾は、大仰な言葉、価値観などなにもかも壊れてしまったほうがいい、精神の虚飾など捨て去って裸になったほうがいい、と明るく言い切った。そのシンプルな宣言が新鮮で、価値混乱のなかでどう生きたらいいか分からずにいる人間たちの励ましの言葉になった。

昭和三年生まれの文芸評論家、尾崎秀樹《ほつき》は書いている。「日本の敗戦当時、二十歳前後であった者にとって、坂口安吾の『堕落論』の衝撃は強烈なものがあった」（世田谷文学館「坂口安吾展」図録、一九九六年）。当時、尾崎秀樹は十七歳。日本の植民地だった台湾から引き揚げて来て、これからどう生きたらいいか分からないでいた。そこで「堕落論」に出会った。「人間。戦争がどんなすさまじい破壊と運命をもって向うにしても人間自体をどう為《な》しうるものでもない。戦争は終った。特攻隊の勇士はすでに闇屋となり、未亡人はすでに新たな面影によって胸をふくらませているではないか。人間は変りはしない。ただ人間へ戻ってきたのだ。人間は堕落する。義士も聖女も堕落する。それを防ぐことはできないし、防ぐことによって人を救うことはできない。人間は生き、人間は堕ちる。そのこと以外の中に人間を救う便利な近道はない」。あまりに有名なこの言葉は若い尾崎秀樹の心に迫った。「生きよ。堕ちよというそのよびかけにひかれて、私は戦後の混乱期を、青春の日日を生きることができた」。「堕落論」に励まされた若者は数多かったことだろう。

「堕落論」は言ってみれば「ぐうたら万歳」である。精神の虚飾をとり去って裸になれと安吾は言っている。「堕落」とは正直に生きることである。

八月十五日は日本の社会を根底から変えた。以前と以後では、日本人の生き方は変わった。ところが変わらない人間がいた。戦時下、「ぐうたら」によって戦争に対処してきた安吾にとって、戦前も戦後も変わらなかった。敗戦によってそれまでの価値が崩壊する以前に、そもそも安吾のなかにはそんな価値はなかったから当然だった。だから日本人の多くが敗戦によって呆然としているなか、安吾だけは意気軒昂だった。

「通俗と変貌と」のなかで安吾は小林秀雄について書いている。「彼は戦争には協力しなかったが、祖国の宿命には身を以て魂を以て協力した」。小林秀雄は真面目で真剣だった。だから彼は戦争の進展と共に「日本的な諦観へぐんぐん落ちこみ、沈んで行った」。小林秀雄の有名な言葉に「この事変に日本国民は黙って処したのである」（「満洲の印象」）があるが、「別人種さわるべからず」の存在だった安吾はそもそも「祖国の宿命」や戦争に「黙って処す」ことはなかった。一人、みんなから浮いていた。

戦後の作品「続 戦争と一人の女」には、日本が戦争に負けると信じる町の老人たちが出てくる。その一人、町工場の「カマキリ親爺」は日本の負けを喜んでいる。日本人の半分、それも男がたくさん死ねば、自分が大勢の女を囲うことが出来るから。この老人は、空襲に遭っても自分だけは助かろうと金をかけて立派な防空壕を作ったりもする（結局は空襲で死ぬのだが）。こういう人間がはたして、戦争に「黙って処す」日本国民だろうか。

あるいはやはり戦後の作品「青鬼の褌を洗う女」の主人公の母親は、自身、商店主の妾であり（旦那のほかにも男が二、三人いる）、娘も妾にしようとしている。そして戦争のさなかこんなことを言う。

「早く日本が負けてくれないかね。こんな貧乏たらしい国は、私はもうたくさんだよ。あちらの兵隊は二日で飛行場をつくるんだってね。チーズに牛肉にコーヒーにチョコレートにアップルパイにウィスキーかなんかがないと戦争ができないてんだから大したものじゃないか。日本なんか、おまえ、亡びて、一日も早くあちらの領分になってくれないかね」。こういう女性が戦争に「黙って処す」日本国民と言えるだろうか。

「ぐうたら」で「別人種さわるべからず」の存在だった安吾は、戦時下、こうしたおよそ身勝手な連中を目《ま》のあたりにしてきたに違いない。そして、彼らもまた同じ「人間」として肯定しようとした。だからこそ「堕落論」は自然に生まれた。

「続堕落論」には卓見がある。八月十五日の玉音放送を聴いて、日本人は涙を流し、忍び難きを忍び敗戦を受け入れたということになっているが、そんなことは嘘だと安吾は言う。

「我等国民は戦争をやめたくて仕方がなかったのではないか。竹槍をしごいて戦車に立ちむかい、土人形の如くにバタバタ死ぬのが厭でたまらなかったのではないか。戦争の終ることを最も切に欲していた。そのくせ、それが言えないのだ」

そこに都合よく玉音放送があった。だからそれに飛びついた。戦争の熱狂の外にいた「ぐうたら」だからこそ持ち得た醒めた目である。戦争に「黙って処す」日本国民は同時に、死にたくなかった日本国民でもあった。安吾はそのことを肯定する。死ぬより生きていることのほうが大事なのだから。

「続堕落論」は、堕落とは死より生を選ぶことをよしとする考えであることを明らかにしている。戦前、日本浪漫派が死を讃美したのに対し、安吾は、たとえぶざまであっても生のほうこそを肯定する。悲劇より喜劇の精神である。ジョセフ・W・ミーカーの名著『喜劇としての人間――文学的エコロジー序説』（越智道雄訳、文化放送開発センター出版部、一九七五年）にあるように悲劇は死に向かうのに対し、喜劇は生に向かう。

そして安吾は生き抜くために精神の虚飾を捨てろ、裸になれと叱咤する。「天皇制だの、武士道だの、耐乏の精神だの、五十銭を三十銭にねぎる美徳だの、かかる諸々のニセの着物をはぎとり、裸となり、ともかく人間となって出発し直す必要がある。さもなければ、われわれは再び昔日の欺瞞の国へ逆戻りするばかりではないか。先ず裸となり、とらわれたるタブーをすて、己れの真実の声をもとめよ。未亡人は恋愛し地獄へ堕ちよ。復員軍人は闇屋となれ」（「続堕落論」）。

戦争が終わってすぐにこういう発言が出来るのは繰り返し言えば、安吾にとって戦前と戦後が同じだったから。多くの日本人にとって八月十五日の前と後では断絶があったのに対し、安吾には断絶はなかった。志操堅固な非転向というのとは少し違う。安吾には反戦思想ですら虚飾のひとつでしかない。戦前も戦後もただ一貫して裸だった。裸の強さである。

昭和七年に書かれた「FARCEに就いて」は価値観という虚飾が消え去ったあとの混沌を愛する安吾らしい考えがよく出ている。

「ファルスとは、人間のすべてを、全的に、一つ残さず肯定しようとするものである。凡そ人間の現実に関する限りは、空想であれ、夢であれ、死であれ、怒りであれ、矛盾であれ、トンチンカンであれ、ムニャムニャであれ、何から何まで肯定しようとするものである」「諦めを肯定し、溜息を肯定し、何言ってやんでいを肯定し、と言ったようなもんだよを肯定し――」、死より生、否定より肯定。この点では安吾は健康そのもの。退廃や病いとは無縁と言っていい。戦後の安吾は私生活でクスリに溺れることがしばしばだったため自己破滅型と思われがちだが、その精神はあくまでも健康だった。

## 姪の陰

しかし、健康だけでは文学は生まれない。どこかに闇がなければならない。威勢よく堕落を語り、志賀直哉や島崎藤村、あるいは永井荷風らの大家を痛罵し、饒舌に「何から何まで肯定しようとする」安吾の文章を読んでいると、時折り、明るい安吾がこんな暗いことを書くのかというほころびが見える。明るい安吾にふと暗い影が落ちる。

たとえば戦中に書いた「青春論」のなかで安吾は、二十歳で死んだ姪のことを書いている。この姪は子供の頃から結核性関節炎でほとんど寝たきりになっている。発育も悪く、十九歳の時でも肉体精神とも十三、四歳くらいしかない。そして彼女には「全然感情というものが死んでいる」。何を食べても、うまいともまずいとも言わない。何にも喜ばないし、腹を立てることもない。懐かしい人が見舞いに来ても笑顔を見せない。サヨナラも言わない。「空虚な人間の挨拶などは、喋る気がしなくなっているのであった」。泣いたことは一度もなかった。誰も見舞いに来なくても不平を言うこともなかった。まるで人生を達観してしまったように見える。安吾は青春について淪落《りんらく》について饒舌に語っている時、ふとこの二十歳で死んだ姪のことを思い出す。姪の顔を思い出す。そのとたん、自分が語って来た青春も淪落も姪には無縁のものだったと気がつき、急に自分の饒舌が空しく思えてくる。「僕はいささか降参してしまって、ガッカリしている」。

ここにはまさに文学の深淵がある。闇がある。「トンチンカン」も「ムニャムニャ」も「何言ってやんでい」も肯定するファルスの精神も姪の死の前ではたちどころに意味がなくなってしまう。「先ず裸となり、とらわれたるタブーをすて、己れの真実の声をもとめよ」と言った勇ましい破壊の言葉も死という窮極の無の前には色褪せてしまう。

文学は死に直面したところから出発しなければならない。死の闇に拮抗するものでなければならない。「堕落論」は確かに戦争に生き残った者たちの心には届いたかもしれないが、あの戦争で死んでいった無数の死者たちのことは忘れられている。それでいいのか。死者を忘れてただ饒舌に言葉を書きつらねているだけならただの能天気ではないのか。

安吾にそれが分からない筈はない。だから「堕落論」の直後に、その不備を補うかのように「白痴」を書いた。この小説が傑作たりえているのは東京空襲下、死のぎりぎり手前のところまで行った体験に支えられているからに他ならない。そしてこれはとびきりの切ない、純愛小説になっている。戦争末期、東京の場末の町（当時、安吾が住んでいた蒲田安方町《やすかた》）に住む伊沢という二十七歳の青年を主人公にしている。彼は大学を出て新聞記者になり、いまは文化映画の演出家をしている（当時、安吾が徴用逃れのため嘱託として身を置いていた日本映画社をモデルにしていると思われる）。

伊沢の住む町の路地には安アパートが立て込んでいて、そこには「妾や淫売」がたくさん住んでいる。すでに米軍機による東京空襲は始まり、町は爆撃によって次々に焼失してゆき、通りには死体が「焼鳥」のようにころがっている。伊沢もいつ犠牲になるか分からない。虚無的にならざるを得ない。「この戦争はいったいどうなるのであろう。日本は負け米軍は本土に上陸して日本人の大半は死滅してしまうのかも知れない」。

そんな行方の知れない暮しのなか伊沢は近所に住む、二十五、六歳の女性に惹かれる。美しい人。人の妻だが、実は知能が足りない。夫の母親にいじめられているらしく、いつもおどおどしている。ある日、この女性が救いを求めるかのように伊沢の部屋に逃げ込んでくる。もはや明日に希望を持てないでいた若者に、知能は足りないが、それだからこそ現実の汚れから免れている彼女が誰よりも美しく見える。この女性とどこまでも一緒にいたい。「この女はまるで俺のために造られた悲しい人形のようではないか。伊沢はこの女と抱き合い、暗い曠野を飄々と風に吹かれて歩いている、無限の旅路を目に描いた」。

死が目の前に厳然とある極限状況のなか、彼はこの知能の足りない女性と道行きのように去ってゆくことを夢に見る。その夢にかろうじての救いを見出す。そして昭和二十年四月、蒲田地区を襲った空襲の夜、彼女を支えながら必死に逃げ、なんとか生き延びて朝を迎える。

この女性に、二十歳で死んでしまった姪を重ね合わせることも出来るだろう。「白痴」は「堕落論」には欠落していた死者への思いがある。伊沢も女性も生き残るのだが（いや、もしかしたら二人が迎える「朝」は、二人が死んだあとのあの世のことかもしれないが）、作品全体をおっている死が、この小説を力強く、深いものにしている。一種の鎮魂歌と呼んでもいいくらいだ。

## 切ない決意

「堕落論」のあとに「白痴」を読むと安吾の文学の闇への思いが確実に伝わってくる。文学とは死という不条理に拮抗しうるものでなければならない。その意味で、昭和十六年に書かれた「文学のふるさと」は安吾の文学論として実に読みごたえがある。

ペローの童話「赤頭巾」、可愛い少女が狼に食べられてしまう無惨な話に安吾は「何か、氷を抱きしめたような、切ない悲しさ、美しさ」を感じるという。ここでも、可愛い少女が姪に重ね合わされていると思う。

なんの罪もない少女が、おばあさんを訪ねて行って狼に食べられてしまう。ペローはそこになんの意味づけもしない。説明もしない。読者は突然、ペローに突き放された気分になる。そして安吾は書く。「然し、思わず目を打たれて、プツンとちょん切られた空しい余白に、非常に静かな、しかも透明な、ひとつの切ない『ふるさと』を見ないでしょうか」。この「ふるさと」は、文学が生まれる場所、文学の闇、と言い換えることが出来るだろう。

死後に見つかった芥川龍之介の原稿について書かれた話も鬼気迫るものがある。ある時、芥川のところに、貧しい農民が原稿を持って現れた。読んでみると、ある農民に子供が生まれたが貧しくて育てる余裕がない、思いあまった末に子供を殺してしまったという話だった。

芥川がこんなことが現実にあるのかと聴くと農民はぶっきらぼうにこう答えた。「それは俺がしたのだがね」。

芥川の想像も出来ない「大地に根の下りた生活」がそこにあった。芥川はその事実に打ちのめされた。都会暮しの芥川が農民の根の下りた生活に突き放された。そしてそのこと自体は「立派に根の下りた生活」であると安吾は言う。そこには二十歳で死んだ姪に打ちのめされながら、そこから文学を出発させよう、死と拮抗するところをこそ「文学のふるさと」にしようという安吾の必死な決意がある。その決意は安吾の言葉を借りれば「切ない」。「堕落論」の明るさ、威勢の良さの裏にはこの切なさがあったことを忘れてはいけないだろう。

# 貧乏を愛した作家、林芙美子——『風琴と魚の町・清貧の書』

『風琴と魚の町・清貧の書』
新潮文庫、二〇〇七年

奇妙に聞えるかもしれないが、林芙美子は貧乏を愛した作家である。無論、実生活において貧乏な暮しなどいい筈はないが、物心ついてからずっと苦労して育ってきた林芙美子にとって、貧乏は、いわばもっとも身近かで親しいものだった。

貧乏な暮しのなかにある悲しみや喜びこそ、林芙美子が幼ない頃から慣れ親しんできた大事なものだった。

多くの作家が、貧乏を否定すべきものとして暗く、悲惨に描いたのに対し、林芙美子は、泥のような貧しい暮しのなかにそれでも輝くようにしてある小さな美しい石を見つけ出し、それを愛惜こめて描き出した。そこに林芙美子の真骨頂があった。

苦労して育った。

林芙美子には、下関と門司に二つ出生の碑がある。昭和五年に出版された出世作である、自伝的小説『放浪記』に、下関で生まれたとあるため、はじめ下関に碑が作られたのだが、のち研究者によって門司生まれと明らかにされ、その地に碑が作られた。林芙美子自身が、自分がどこで生まれたのか正確に知らなかったのである。それほど大事にされない子供だった。

父親は行商人だった。九州各地を転々としていて、門司で林芙美子が生まれた。その後、父親は商売に成功するが、芸者を家に入れたために、母親は幼ない芙美子を連れ、店の店員と共に家を出た。この店員が義父となった。義父は九州の炭鉱町を転々と行商して暮しをたてた。子供の芙美子には木賃宿《きちんやど》が家となった。現代のわれわれから見るときわめて特異な子供時代を送っている。「私は宿命的に放浪者である。私は古里《ふるさと》を持たない」という『放浪記』のなかの有名な言葉は、そうした子供時代から生まれている。

## 貧乏こそ自分そのもの

『放浪記』は昭和五年、芙美子が二十六歳の時に改造社から出版され、若い女性が根無し草のように転々と職業を変えながら東京という大都市のなかで生きてゆく、そのけなげで、そしてたくましい姿が多くの読者の心をとらえベストセラーになった。無名の林芙美子がこの一作で作家として知られるようになった。

若い無名の作家が小説を書こうとしたら、自分が慣れ親しんだ世界を書くのがいちばんいい。林芙美子にとって、それはいうまでもなく貧乏な暮しだった。

自分らしさ、自分がよって立つもの、何よりも大事なもの。林芙美子にとっては、貧乏こそ自分そのものだった。だから、貧乏を描いても決して暗く、湿っぽいものにならない。貧乏は、愛すべき、かけがえのないもの。林芙美子にとって貧乏は、子供時代と同じように愛しいものだった。

初期の作品のなかでも傑出しているのは「風琴と魚の町」(昭和六年)だろう。

子供時代の林芙美子が、母と義父と三人で行商をしながら広島県の瀬戸内の町、尾道にたどり着き、そこでしばらく暮した時の思い出が語られている。大正五年(一九一六)、芙美子が十二歳の頃。

一家は、汽車に乗って旅をしている。汽車が海辺の町に着く。日の丸の旗があちこちにかかげられている。窓からそれを見た父親は「此町《この》は、祭でもあるらしい、降りてみんかやのう」と、ここで商売をすることに決める。母親も「ほんとに、綺麗《きれい》な町じゃ、まだ陽が高いけに、降りて弁当の代でも稼ぎまっせ」と父親に従う。瀬戸内の穏やかな春の海が両親の気持を明るくさせたのだろう。とくに予定も立てずに、商売になりそうな町で降りる。行商という放浪の暮しの、それなりの自由がうかがわれる。『放浪記』を貫いているのも、貧乏はしていても心は自由という明るさだった。

父親は風琴(アコーデオン)を鳴らしながら薬や化粧品を売り歩く。商いはうまくゆき、一家は貧しい夫婦の家の二階を借りて住みつく(実際、約七年、尾道で暮すことになる)。「私」は小学校に復学する。ささやかな平穏が一家に訪れる。

とはいっても、この町で彼らは他所者《よそもの》であるし、行商人、と町の人にどこか蔑すまれている。「私」は学校でいじめにもあう。そしてある日、父親は悪質な商品を売ったことをとがめられ、警察に連れて行かれる。

「私」は、警察の窓から、父親が母親の前で巡査に殴られているのを見る。子供にとって親が力のある者に侮蔑されている姿を見ることほど、つらく悲しいことはない。

貧乏な子供時代の忘れられない事件だろう。

ただ、この小説には、一点、救いがある。

父親が巡査にぶたれ、屈辱的な目にあっているのを見た「私」が次にすることは、海岸の方へ走ってゆくこと。その時「私」は、誰にいうでもなく声をあげている。「馬鹿《ばか》たれ！　馬鹿たれ！」。

この「馬鹿たれ！」という野性の言葉が効いている。悲しみがまともな言葉にならない。「猿のように」声をあげて「馬鹿たれ！」というしかない。理不尽な事態に対する子供の精一杯の、懸命な叫びである。「断髪」で男の子のような格好をしていて「言葉が乱暴なので、よく先生に叱られた」という「私」にとっては、「馬鹿たれ！」こそが自分の取っておきの大事な言葉になっている。

そして、父親を侮辱する強者への怒りは、そのまま父親への愛情になっていることはいうまでもない。子供が父親の悲しみをなんとか共有しようとしている。その切なさが胸を打つのだし、作品の最後のところで「馬鹿たれ!」があるのが、明るさを生んでいる。海へ走ってゆく「私」を心配して母親が「私」へ呼びかけるのも読者を温かい気持にさせる。貧しい行商の一家であっても、父親が義父であっても、この一家は「聖家族」なのである。林芙美子はこの小説を「大人のメルヘン」と呼んだが、それは「聖家族」の物語を書こうとしたからだろう。

『放浪記』には、庶民的な食べ物が数多く登場し、それがいかにもおいしそうに描かれたが、「風琴と魚の町」でも、船着場の露天で売っている辛子蓮根《からしれんこん》の天ぷらや、うどんがなんとおいしそうだろう。

ある日、商いから戻ってきた父親と三人で露店のうどんを食べる。その時、「私」は自分の丼《どんぶり》にだけ油揚が入っているのに気づく。親の心づかいである。それを感じた「私」は一片の油揚を父の丼のなかに投げ入れる。

このあたりなんとも可愛《かわい》く、微笑《ほほえ》ましい。

## 方言の効用

尾道で女学校を終えた林芙美子は、大正十一年(一九二二)、十八歳の時に、東京の大学に入学した恋人を追うようにして東京に出た。そして『放浪記』で描かれたようにさまざまな下積みの職業を渡り歩いた。恋人に捨てられたあとは新劇の俳優や詩人と同棲《どうせい》するが長続きはしない。ようやく大正十五年に、貧乏だが、気のいい画家、手塚緑敏《りょくびん》と一緒になり、それまでの、ともすれば荒《すさ》んだ生活から足を洗うことが出来る。

「清貧の書」(昭和六年)は、その手塚緑敏との暮しを描いた作品で、ここでも、貧しい暮しが愛しいものとして、ときにユーモラスにも語られていて、若い二人の生命力を感じさせる。

「魚の序文」(昭和八年)は、同じ題材を、こんどは手塚緑敏の「僕」から描き出したもの。「彼女はもう平然と僕の兵児帯《へこおび》を締めている。初めの頃のおどおどした気持ちも抜けてもう此頃では、まるで十四五の娘のように、朗らかであった」というところでは、まるで貧乏を楽しんでいるような、たくましく、明るい「彼女」(林芙美子)の姿が浮かびあがる。


林芙美子の明るさは文体にもよくあらわれている。決して名文ではない。子供の作文のような、いい意味の子供っぽさがある。

「風琴と魚の町」にはたとえば擬声語を使った、こんな表現がある。「私は蓮根の天麩羅を食うてしまって、雁木《がんぎ》の上の露店で、プチプチ章魚《たこ》の魚を揚げている、揚物屋の婆《ばあ》さんの手元を見ていた」

「プチプチ」という子供っぽい表現が文章を弾んだものにしている。お金がなくてタコの天ぷらを買えないみじめさを「プチプチ」が消し飛ばしている。そのあとの母親の「いやしかのう、この子は……腹がばりさけても知らんぞ」という方言もユーモラスで、一瞬、読者はこの二人が貧しい母子であることを忘れてしまう。母親が「私」の髪に櫛《くし》を入れようとして、あまりにごわついているので、「わんわんして、火がつきゃ燃えつきそうな頭じゃ」も面白い表現で、貧乏のみじめさをまったく感じさせない。林芙美子は、標準語から見れば「乱暴」な方言のなかに市井《しせい》に生きる人の哀歓を見ようとしている。

## 人生を肯定するということ

林芙美子の出生から尾道時代までは研究者のあいだでもまだよくわかっていないところが多いが、「耳輪のついた馬」（昭和七年）は、その時代に題材を得ている珍しい、貴重な作品。ここでも、文体の明るさ、可愛らしさが、大事にされないで育った子供の悲しみを柔《やわ》らげている。「心のなかでは、子供らしくベソをかいていた」などその一例。「泣いた」より「ベソをかいていた」のほうが微笑ましい。読者をほっとさせてくれる。

確か田辺聖子は、林芙美子を「起きあがりこぼし」と評した。どんなに逆境にあってもまた起き上がってくる。どしゃぶりの雨でずぶぬれになっても次の日、日がさせば、もう小犬のように元気になる。苦しい暮しのなかでも、たとえば、「風琴と魚の町」の、うどんの丼に入っていた油揚のように、一日のなかでたったひとつでも自分の好きなものにめぐりあえれば、それだけで元気になれる力強さがある。否定形ではなく肯定形で人生と関わろうとする。そこに若き日の林芙美子の魅力、良さがある。「耳輪のついた馬」のなかの「八汐《やしお》は、益々《ますます》孤独を楽しむようになった」という言葉には、逆境さえも生きる力に変えてしまう林芙美子の強さがよく出ている。

「牡蠣《かき》」は異色作。『中央公論』の昭和十年九月号に発表されたものだが、それまでの自伝的な作品、私小説から離れて、周吉という東京日本橋横山町の袋物職人を主人公にして、時代の流れから徐々に取残されてゆき、次第に精神を病んでしまう、生きるのが下手な男の暗い現実を描いている。徳田秋声など日本の自然主義文学の系列に近い。『放浪記』の成功のあと、似たような貧乏小説ばかり書き続けた林芙美子が、はじめて「自分」「私」から離れたとして、当時、高い評価を得た。

林芙美子は、この小説を足がかりにして、『放浪記』時代から、次の、客観小説の時代へと成長してゆき、戦後の傑作『浮雲』を生むことになる。

## 「終戦日記」に見る敗戦からの復興

新しく民主主義が謳われた戦後社会だが、実は戦後は不平等から始まった。戦争で死んでいった者と生き残った者、その差はあまりに大きい。そして生き残った者のなかでは、空襲で家を焼かれた者と焼かれなかった者とのあいだに大きな格差が生まれた。

ここでは以下の日記を取り上げる。永井荷風『断腸亭日乗』（岩波書店）、高見順『敗戦日記』（文春文庫）、『芹沢光治良戦中戦後日記』（勉誠出版）、徳川夢声『夢声戦争日記』（中公文庫）、大佛次郎『終戦日記』（文春文庫）、『古川ロッパ昭和日記』（晶文社）、野田宇太郎『灰の季節』（修道社）、山田風太郎『戦中派焼け跡日記』『戦中派闇市日記』（小学館文庫）。

このうち、空襲で家を焼かれたのは荷風（麻布市兵衛町）、芹沢光治良（東中野）、古川ロッパ（上落合）の三人。焼かれなかったのは、鎌倉に住んでいた高見順、大佛次郎、荻窪に住んでいた徳川夢声、吉祥寺に住んでいた野田宇太郎。山田風太郎は終戦直後はまだ医学生だったから下宿を転々として家は持っていない。終戦後は三軒茶屋に下宿していた。世田谷のこのあたりは比較的空襲の被害は少なかった。

『断腸亭日乗』
岩波文庫、一九八七年
ほか

高見順と大佛次郎が住んだ鎌倉は古都ゆえに爆撃を免れた。鎌倉駅の西口には、鎌倉爆撃を抑えたアメリカの美術学者ラングドン・ウォーナー博士への感謝の碑がある。

戦時中、最後まで発刊され続けた文芸誌『文藝』（河出書房）の編集者、野田宇太郎は『灰の季節』のなかで、昭和二十年の二月、連日のように空襲の続く東京から、鎌倉に住む川端康成を訪ねるが、空襲のない「鎌倉は全く戦争の別天地だった」と書いている。

家が焼かれた者と残った者の暮しの差は大きい。荷風は三月十日の東京大空襲で麻布市兵衛町の自宅、偏奇館を焼かれてから、各所を転々、岡山で終戦を迎えた。

終戦後の混乱のなかで、東京への帰心の思いは強く、八月三十日にはもう岡山を発ち、翌日には東京に戻っている。しかし、家なく流寓《りゅうぐう》の身、熱海、市川と住まいを変えてゆく。

家を失った身には、家の確保が大難事となる。古川ロッパは西武新宿線の中井駅近くの自宅を失ない、新しい家を求め、東京の焼け残った町を歩きまわる。代々木西原、荻窪、下北沢、そして最後にようやく洗足池に近い長原に家を見つける。無論、いままでの家より粗末。それでも、焼け出された身には、久しぶりのわが家。『日記』にうれしそうに書いている。「わが家である。わが家である」。

戦争が終わると、それまでのような服装の規制もなくなる。男の服も「自粛」「防空服装」から脱する。

「それで戦災者と戦災者でない者と区別が目立つようになりました」と高見順は書いている。

自由がかえって不公平を生む。「その『不公平』がそのまま放置されていて、戦災者でない者も気がひける感じです」。

芹沢光治良は妻子を連れて軽井沢に疎開した。疎開中、東中野駅に近い中野区小滝町の立派な洋館を焼失した。妻女と娘は、焼けなかった家もあるのになぜ自分の家だけがと嘆く。「みんな焼ければいい」。被災者の悲しい思いだろう。そして芹沢は書く。「東中野の家の焼けたことは泣いても泣ききれない不幸だ」。

## 列車はいつも買出しで超満員

戦中、戦後の混乱期も鉄道は動いていた。

昭和二年（一九二七）、日暮里生まれの吉村昭は、二十年四月十三日の空襲で家を焼かれた。吉村少年は家の近くの谷中墓地に逃げ、からくも助かった。夜明け、谷中墓地から日暮里駅のほうへ架かる跨線橋を歩き始めたとき、物音がした。下の線路を見た。電車が走っていた！『東京の戦争』（ちくま文庫、二〇〇五年）で吉村昭はそう書いている。

石井幸孝『戦中・戦後の鉄道——激動十五年間のドラマ』（ＪＴＢキャンブックス、二〇一一年）によれば、広島と長崎では、原爆投下の直後にもう「救援列車」が走り、被爆者を被害の少なかった町へ運んだという。奇跡のような事実である。

大正十五年生まれの宮脇俊三が八月十五日を山形県の米坂線今泉駅で迎えたことはよく知られている。『増補版　時刻表昭和史』（角川ソフィア文庫、二〇一五年）で書いている。

その日、山形県を父親と旅行中の宮脇青年は今泉駅前の広場で玉音放送を聴く。そのあと驚くことが起る。新潟県の坂町に向かう列車が、時刻表どおり、今泉駅に到着した！　非常の場合も鉄道はいつものように走っていた。

戦後の復興を支えたのは、まず鉄道の力ではなかったか。

徳川夢声は昭和二十年八月十五日に、こう記している。「省線、常ニ変ラヌ音タテテ走ル」。荻窪の家近くの中央線だろう。

無論、戦中、戦後の鉄道は混乱をきわめていた。しばしば空襲に遭った。ダイヤは乱れた。戦後の列車は買出し客や復員兵などで超満員となった。尋常の状況ではなかった。

それでも、ともかく走った。

終戦直後、荷風が岡山から東京に帰ることができたのは、混乱のなか、鉄道が走っていたからである。

荷風は従兄弟の杵屋《きねや》五叟《ごそう》を頼って九月に熱海に行き、五叟一家と一緒に借家に住む。そこでこんなことが起きる。昭和二十年十二月十日。「又岡山の西郊三門町より余が出発の際残置きたる夜具蒲団、谷崎君所贈の硯一個。因州半紙一千枚、鉄道荷物にて無事にとどきたり」。

岡山は五月に空襲に遭っている。戦後も町は混乱していただろう。そんななか残してきた荷物が「鉄道荷物」によって、遅れたとはいえきちんと届いている。混乱のなか、鉄道によってなんとか秩序が保たれている。

荷風は昭和二十年の一月に、五叟一家と共に市川に転居するが、このとき、熱海から鉄道に乗る。一月十六日。「一時四十分発熱海発臨時列車に乗る、乗客雑沓せず、夕方六時市川の駅に着す」。

鉄道が荷風を支えている。石井幸孝は『戦中・戦後の鉄道』のなかで書いている。「鉄道は終戦の日も同じように走った」「『ボーッ』という蒸気機関車の汽笛は力強い音色だった。戦災の焦土で、この『声』ほど国民に生きる勇気を与えたものはなかった」。

## 映画という「滋養」

焼跡闇市の混乱が続くなか、一方では、日常も戻ってきている。夢声は、戦争が終って空襲がなくなったことは有難いと書く（九月三日）。そして「夜も電燈が明々と点けていられること。何時でもモノが書けるということ」。少しずつだが日常が戻ってきている。

古川ロッパは、戦争が終るとすぐに東宝で『東京五人男』（斎藤寅次郎監督）の撮影に入る。焼跡だらけの東京に復員してきた男たちの苦労をユーモラスに描いた喜劇。これが終戦後の最初の正月に公開され、大ヒットとなった。

ロッパは『日記』に書く。昭和二十一年一月三日。「日比谷も今日から『東京五人男』で長蛇の列」。まだ焼跡闇市の時代に映画館が満員になっている。驚くに足る。腹は空かせていても映画を見る。

山田風太郎の日記を読むと、終戦後、若き医学生は実によく映画を見ている。アメリカ映画『キューリー夫人』『我が道を往く』『疑惑の影』、フランス映画『望郷』、そして日本映画では、黒澤明監督、原節子主演の『わが青春に悔なし』に感動している。

この時代、映画が戦争に傷ついた日本人に慰めとなったことがうかがえる。鉄道が混乱期の暮しを根底で支え、映画が心を豊かにしていたといえばいいだろうか。

映画人気によって、新しく映画館ができる。昭和二十一年七月十四日。山田青年は三軒茶屋に映画館が新築されたのを知る。「祝開館」の美しい花環や窓に子供たちがぶらさがっている。映画館が、映画が、そして子供たちが新しい時代を開こうとしている。

# 抑制の作家、永井龍男——『東京の横丁』

『東京の横丁』
講談社文芸文庫、二〇一六年

表題となった「東京の横丁」は昭和五十九年（一九八四）に『日本経済新聞』の「私の履歴書」に連載された。この時、永井龍男は八十歳になる。老を迎えた作家が来し方を振返る。はるか遠くにいってしまった子供時代を、若き日を、そして生まれ育った東京の町を思い出す。

永井龍男は明治三十七年（一九〇四）に神田に生まれている。ちょうど日露戦争が勃発した年。神田の駿河台界隈は大学が多く、そのために現在の九段から小川町にかけては、本屋、出版社、印刷所が多かった。父親は錦町の印刷所で校正の仕事をしていた。

家は、駿河台下の猿楽町、現在の山の上ホテルの横の坂を下った錦華公園の近く。借家が並ぶ横丁にあった。この時代の東京では、通常の庶民は借家住まいが当り前である。

東京の町は変化が激しい。とくに大正十二年（一九二三）の関東大震災と昭和二十年（一九四五）の東京空襲の二つの災禍によって明治の名残りがある町並みは消えてしまった。永井龍男の生まれた猿楽町も昔の面影はもうない。消えた町、失われた町だからこそ、追慕の思いは強まる。永井龍男は還暦を過ぎてから追憶小説というべき「石版東京図絵」（一九六七年）を発表している。神田の駿河台下の横丁で生まれ育った子供たちを主人公にしている。子供たちを通して明治から大正にかけての懐しい東京の町が描かれてゆく。「石版東京図絵」は『毎日新聞』に連載され、その年に中央公論社から単行本になったが、それには川上澄生の版画が何枚も添えられ、ノスタルジックな風韻がただよった。そのあとに「東京の横丁」が書かれた。

## 貧しさをかみしめて

自分の生まれ育った懐しい町はもう消えた。小さな横丁は失われてしまった。だからこそ永井龍男は記憶のなかで町を、横丁をよみがえらそうとする。記憶によって再生された町は、懐しさと同時に幻影の町のようなはかなさを帯びている。

猿楽町から、九段坂上の靖国神社は近い。春秋二回の大祭は子供にとって忘れられない思い出になる。花火、隙間なく並ぶ屋台、曲馬団。「おそらく、靖国神社の大祭は、祭りとして日本一の規模だったろう」と神田っ子らしく誇らし気に書いている。

横丁には、物売りが絶えず出入りしていたという思い出は市中の神田らしい。八百屋や魚屋だけではなく、甘酒屋、熊の肝売り、下駄の歯入れ、鋳かけ屋、桶のたが屋などが次々にやってくる。明治から大正にかけて、東京の町は下町と山の手がはっきりと分かれていた。「石版東京図絵」にあるように、山の手には官公吏や勤め人、医者や教師が多く住み、下町は商人や職人の町だった。猿楽町は大別すれば下町に入る。商人や職人が多く住む町には物売りが入りやすかった。

永井龍男の父親は前述したように印刷所で校正の仕事をしていた。職人といっていい。ただ肺を病んでいて、充分に働けなかったから一家の暮しは楽ではなかった。龍男は夏目漱石が出たことで知られる錦華小学校に入学する。家のつましい暮しを考えると母親に月謝袋を出すのが辛かったという。子供の頃から親の苦労を知っている。永井龍男の文学が地道な暮しをする生活者を描く「大人の文学」になっているのは、龍男少年が早くから親の苦労を知っている子供だったからに違いない。客からもらった文房具を母親が、よその家へまわそうとする話は胸を衝かれる。

永井龍男の短篇でよく知られているのは「黒い御飯」だろう。大正十二年、まだ十八歳の時に書いたものだが、菊池寛が認めて、創刊したばかりの『文藝春秋』に載せた。「私」は貧しい家の子供。小学校に入学する「私」のために、両親は新しい服を買ってやることが出来ない。兄たちのお下がりを釜で染め直す。翌日、その釜で御飯を炊いたため黒い御飯になってしまった。永井家の貧しさがうかがえる。同時に、貧しい暮しのなかでも子供になんとか新しい服を用意しようとする両親の愛情も。

当時の下町の子供たちは早くから社会に出て働いた。子供時代が短かかった。龍男の二人の兄は小学校を出るとすぐ働きに出ている。龍男は二人の兄のはからいで高等小学校に進学するが、二年後の大正八年（一九一九）には十四歳で卒業し、日本橋蠣殻町の米穀取引仲買店に働きに出る。昔風にいえば丁稚奉公である。永井龍男より年下になるが、大正十二年、浅草生まれの池波正太郎が小学校を出るとすぐ株屋（株式仲買店）に働きに出たことを思い出させる。戦前の下町では、子供が早くから社会に出ることは普通だった。彼らは小さな大人だった。

## 関東大震災がのこした傷

大正十二年、東京を関東大震災が襲った。龍男が十九歳の時。市中は壊滅した。無論、永井家も被害を免れなかった。からくも一家は無事だったが、それまでの暮しが根底から崩れた。生まれ育った町が消えた。この喪失感は大きかったに違いない。講談社で『永井龍男全集』を担当した大村彦次郎は追悼記「全集刊行の頃」（『別冊かまくら春秋・最後の鎌倉文士　永井龍男追悼号』一九九一年）のなかで、生前、あれから五十年以上たっているのになお永井龍男が関東大震災の体験を繰返し語ったと書いている。「招魂社（注・靖国神社）の坂上から廃墟と化した下町を遠望するくだりなどなんどお聞きしたことだろう」。

いかに関東大震災が大きな喪失の体験だったかがうかがえる。永井龍男の作品は、小市民の平穏な日常を描きながら、どこかに末期《まつご》の目で見たような無常観が感じられるが、それは若き日のこの喪失感のためだろう。

「黒い御飯」で菊池寛の知遇を得た結果、永井龍男は昭和二年（一九二七）、二十三歳の時に文藝春秋社に入社する。編集者、永井龍男の出発である。菊池寛の主宰する文藝春秋社はまだ若い伸び盛りの出版社であり、当時の文芸ジャーナリズムを牽引した。若き日の永井龍男はその熱気のなかに入る。

入社した昭和二年といえば、七月に芥川龍之介が自殺した年である。入社したばかりの龍男は堀辰雄に連れられて田端の芥川家に行き、原稿依頼をする。「芥川さんは気さくに逢ってくれ、原稿執筆も承諾をうけることが出来た」。その二ヶ月後に、芥川は自殺した。文学史の興味深い逸話になっている。

芥川龍之介といえば「東京の横丁」には、もうひとつ意外なことが書かれている。駿河台下の永井家は二階を、広瀬雄という東京市第三中学（府立三中）の教師に貸していた（いわゆる「二階貸し」）。のちに、母親は龍男にこんなことをいった。「この頃お前たちが、芥川さん芥川さんと話しているのは、昔二階の広瀬さんの所へよく遊びに来た、あの芥川さんのことじゃあないのかい。あんな名はそんなにあるもんじゃない」。

まったく奇縁だが、広瀬雄は芥川が通っていた本所の第三中学の先生だったという。震災前の東京は広いようでいてまだ狭い。

永井龍男が芥川の文字を評して「いつも才気が先行して愛読し切れなかった」と書いているのは、永井龍男の平明端正な文章を思うと納得する。同じように短篇の名手だが、永井龍男は才気走らない。物語を突出させず、日常の暮しのなかに溶け込ませる。作者は、その日常のうしろに目立たないようにしている。

文藝春秋社での編集者としての仕事は充実していた。入社当時、『小学生全集』の編集部に配属されたところ、編集部員はほとんどすべて美しい才媛ばかりで圧倒されたというくだりは、ういういしく微笑ましい。永井龍男は、女を描くのがうまい作家とはいえなかったが、それでも、「冬の日」という四十代の女性の最後の残り火を描いた逸品がある。

美しい才媛のなかに、のちに『ノンちゃん雲に乗る』を書く石井桃子がいたというのも文学史的に興味深い。また、永井龍男は書いていないが、のちに脚本家として活躍し、今井正監督の『また逢う日まで』（一九五〇年）や成瀬巳喜男監督の『おかあさん』（一九五二年）『浮雲』（一九五五年）などの脚本を書く水木洋子も昭和十年頃、菊池寛の主宰する「脚本研究会」に所属していた。永井龍男は、この美しい才媛ともどこかで会っていたかもしれない。

## 何よりもまず生活者として

文藝春秋社の編集者として昭和前期、充実した日々を送っている。昭和十年には、文藝春秋社で芥川賞、直木賞が創設され、その担当になる。『オール讀物』の編集長になる。私生活では、昭和九年（一九三四）に結婚している。夫人は、久米正雄夫人の妹で、久米正雄とは義兄弟になる。結婚後、二人の娘に恵まれる。

永井龍男は、無頼派の作家の対極にあり、作品のなかはともかく、私生活ではまっとうな節度ある家長として生きた。そこにも「大人の文学」の真骨頂がある。

充実した編集者生活だったが、時代は戦時のただなかへと入ってゆく。言論の自由も圧迫されてゆく。編集者として苦労も多かっただろう。ただ、永井龍男は、東京人特有の洒脱さから苦労をことさらに大仰には語らない。この点でも「大人」である。感情をあらわにすること、不幸や悲しみを大仰に語ることを自然と慎しむ。抑制する。戦前の東京人には、そういう慎しみがあった。品の良さがあった。

「東京の横丁」は、戦後、菊池寛が文藝春秋社を解散し、要職にあった永井龍男自身も、会社を辞めるところで終わっている。しかも、戦時中、言論界を代表する会社の要職にあったがゆえに、責任を取らされ「公職追放」の憂き目に遭う。そのあと小さな新聞社に入るが、そこも長続きはしない。これからどうすればいいのか。妻子をどう養っていったらいいのか。残された道は文筆しかない。

「今度こそ文筆生活の他に、妻子を養う道はなくなった。四十四歳の事であった」

「東京の横丁」はそこで終わっている。挫折である。そこが胸を打つのだが、そのあと背水の陣を敷いて、作家として立ってゆくところに永井龍男の苦難と幸せがある。しかもそれを決して大仰には語らない。

普通なら、被害者意識をむき出しにして、うらみつらみを書きたてるだろう。貧しい少年時代を思い出して、社会への怒りをあらわにしたかもしれない。しかし、永井龍男はあくまでも、苦労を知り尽した「大人」であり、家族を守ろうとする「家長」である。決して、私生活の修羅を作品には持ち込まない。生ま生ましい喜怒哀楽を端正な文章で封じ込める。

職を失い、筆一本で生きる。大学の先生へと逃げ込まない。家族を持つ身として、大変な思いだったろう。それでも、永井龍男は、これからは、自由人となって生きることに喜びを感じる。好きな文章がある。

「私が終戦直後に選んだ道は、自分一人の道であるが、ただ一人行くという悦びを身に染みて覚えたのは、四十二歳で定職を退き、文筆生活十年を経てからのことであった。文筆者としての私の出発は、人々に比べて二十年遅かったが、生涯を通じてこの日を忘れることはあるまい」

筆一本で生きることの困難を踏まえた上での、自由人としての喜びが表明されている。永井龍男は、十八歳の時に「黒い御飯」が評価され、『文藝春秋』に掲載されるという破格の体験をした。ここで作家の道を選んでいたら今日の永井龍男はなかったかもしれない。早書きを慎しんだ。まず生活者として生きた。そして、戦後、やむをえぬことから、物書きとして立たざるを得なかった。それが、この「抑制の作家」としては幸いしたといえるだろう。

遅くに出発したから、流行に左右されることはなかった。青春に振まわされることもなかった。四十代の妻子のいる人間として、一見平凡と見える市井の人々の暮しにこそ、目を向けた。彼らの平穏の日々のなかに、一瞬の陰りを見た。『東京の横丁』の最後に収録された短篇小説「冬の梢」は、死にゆく一市民の孤独に寄り添った逸品である。ここでも永井龍男は、「才気走らない」。余計な言葉を切り詰めてゆくことで孤高の世界を作り上げてゆく。

永井龍男は昭和九年（一九三四）に鎌倉に移り住み、終生この古都で暮した。鎌倉は古都ゆえにほとんど空襲に遭っていない。関東大震災で、生まれ育った町を失った作家には、昔と変わらない鎌倉は「もうひとつの駿河台下の横丁」になったのではないか。

本書の後半の随筆は、年を重ねてからのものが多い。そこには、老いの不安と、同時に長く生きてきたがゆえの老いの成熟がある。

永井龍男は芥川の小説はその才気ゆえに愛読しなかったが、芥川の俳句は「素直さ」ゆえに感銘した。永井龍男自身、「東門居」の俳号で句を詠んだ。好きな句が二つある。

「眼前の妻子の顔や春炬燵」

「梅を干す夫婦となりぬわれらまた」

古都で暮す老いの平穏がある。

## 「旧幕もの」の魅力

時代小説のなかで好きなものに「旧幕もの」がある。戊辰戦争に敗れた幕府側の人間を主人公にする。

松本清張に「くるま宿」という初期の短篇がある。敗れた旧幕の士の悲哀と誇りを描いている。表題の「くるま」は人力車のこと。明治二年ごろに発明された。樋口一葉の「十三夜」にも描かれている。人が車を挽《ひ》く。人力車挽きは当然のことに力仕事だった。

明治九年のこと。江戸以来の花街、柳橋近くの人力車の俥宿《くるまやど》に、吉兵衛と名乗る四十過ぎの男が働かせてほしいとやってくる。親方は、この仕事には年齢がいっているので無理と思うが、病気の娘を抱えて暮しに困っていると知って雇い入れる。

吉兵衛は辛い仕事に黙々と耐え、仕事を続ける。口数の少ない男で、仲間付合いもせず、どういう過去があるのか、誰にもわからない。

あるとき、柳橋の料亭に押込み強盗が入る。その五人を吉兵衛が峰打ちを食らわせ、取り押さえる。只者ではないことが知れる。さらに車夫どうしの喧嘩の仲裁に入ったことから、思い

「くるま宿」『松本清張傑作総集1』新潮社、一九九三年ほか

がけない来歴が明らかになる。元直参《じきさん》（旗本）の剣の達人だった。明治の新時代になったとき、新政府に仕えるのを潔しとせず、徳川幕府に殉じて遁世した。人力車挽きに身をやつした。その事実が俥宿の主人たちにわかったとき、彼は、また世を捨てるように、病気の娘を連れていずこともなく消える。

典型的な「旧幕もの」である。戊辰戦争が幕府側の敗北で終り、勝者の薩長の世になったとき、敗者は新政府に仕える者と、瘦我慢《やせがまん》をして野に下った者とに分かれた。すでに書いたように、勝海舟や榎本武揚らは幕府の重職にありながら（とくに榎本は五稜郭で戦いながら）、新政府の高官になったため、福沢諭吉に「瘦我慢の説」で批判された。「くるま宿」の吉兵衛（本名、山脇伯耆守《ほうきのかみ》）は、節をまっとうした。「旧幕もの」は彼らにこそ思いを寄せる。

## 「東京新大橋雨中図」に込められた思い

「旧幕もの」でとくに好きな作品に、杉本章子の直木賞受賞作『東京新大橋雨中図』（一九八八年）がある。明治になって光線画という新しい浮世絵を描いた版画家、小林清親を主人公に、その周辺の人間たちを登場させている。

清親は江戸本所に御蔵番の子として生まれた。下級武士ながら旧幕臣である。上野の戦争のとき、彰義隊に加わろうとしたが、小林家の当主であること、六十歳を超えた母がいることを思い、かろうじて思いとどまった。

新時代になり、徳川家は静岡に移封《いほう》となった。清親は多くの旧家臣と共に静岡に移ったが、そこで辛酸を舐める。漁師として働くだけではなく、剣を見世物にする撃剣会に加わったりして、なんとか食いつなぐ。

ようやく東京に戻り、苦労ののちに絵師として立つことができる。旧幕臣として、節を曲げることなく明治の世を生きてゆく。

『東京新大橋雨中図』には、新時代になって不幸になる女性が二人、登場する。徳川幕府瓦解は、徳川側の女性たちにも苦難を強いた。

清親の嫂《あによめ》、佐江は自身も御家人の娘。清親はひそかに憧れた。しかし、薩長の世になり、兄は零落し、夫婦共に行方知れずになった。

清親は絵の修業中、遠近法を学ぶため写真師に弟子入りした。あるとき、写真師がひそかに撮った扇情的な写真を見た。そこに写っている湯浴みしている女性は、まぎれもなく佐江だった。生活が苦しく、追いつめられてのことだろう。清親は佐江をようやく見つけだし、助けようとするが、佐江はフランス人の商人に犯され、それを恥じ、自害して果てる。

清親の名を一躍高めた「東京新大橋雨中図」は、雨の日の隅田川に架かる新大橋をとらえている。手前に、蛇の目傘を持った女のうしろ姿が見える。作者の杉本章子は、この女性こそ清親が思慕した嫂だとしている。敗れた側の悲しみが伝わる。

もう一人の不幸な女性は、清親が根津遊郭で知り合う紅梅という遊女。佐江と同じように旧幕側の娘とわかる。夫は旗本で、いったんは彰義隊に加わりながら、戦さの前夜、こっそり隊を抜け出し、屋敷に逃げ戻った。その過去に屈託を持ったのだろう。時世が一変すると、酒に溺れ、暮しが荒れた。やむなく妻の紅梅が苦海に身を沈めた。

夫の酒はやまず、紅梅はついに夫を殺してしまう。絵師として立った清親の背後には、旧幕側の悲哀がある。

彰義隊といえば、これは映画だが、彰義隊の悲劇を描いた秀作に、中野実原作、菊島隆三、大塚道夫脚本、滝沢英輔監督の『江戸一寸の虫』(一九五五年)がある。『東京人』編集長だった粕谷一希さんが愛してやまなかった。

三國連太郎演じる幕臣の子が、彰義隊に加わる。奮戦むなしく戦さに敗れ、最後、上野の山が燃えるのを見ながら、新珠三千代演じる愛する女性の腕に抱かれて死んでゆく。義に殉じた幕臣への挽歌として、「旧幕もの」が好きな人間には感動の逸品。

## 節を曲げなかった子母澤寛

近代文学研究家の平岡敏夫氏は名著『佐幕派の文学史――福沢諭吉から夏目漱石まで』(おうふう、二〇一二年)のなかで、明治文学は佐幕派の文学だったと熱をこめて語っている。

明治の文学者は、夏目漱石をはじめ、北村透谷、山路愛山、尾崎紅葉、幸田露伴、樋口一葉、国木田独歩ら、その出自をよく見ると、すべて佐幕派だという。目からウロコの指摘だった。とくに漱石の『坊っちゃん』は、一般に明治の明朗な青春小説と語られるが、よく読めば佐幕派の文学であるという指摘は新鮮だった。

坊っちゃんは「これでも元は旗本だ」と言っているし、数学教師「山嵐」は白虎隊の悲劇で知られる会津の出、「うらなり」も佐幕派、松山の士族の出。さらに、平岡氏は、婆やの「清」も佐幕派と加える。

明治文学は、佐幕派、あるいは旧幕派の文学だったという平岡氏の説に納得させられる。これに倣えば、時代小説の源流のひとつには確固たる佐幕派の流れがあるのではないか。

時代小説の先駆者の一人に子母澤寛《しもざわかん》がいる。『新選組始末記』をはじめ『勝海舟』、『父子鷹《おやこだが》』（海舟と父の小吉）、『逃げ水』（槍術家の高橋泥舟《でいしゅう》）、『行きゆきて峠あり』（榎本武揚）など、一貫して「旧幕もの」を書き続けた。

よく知られるように子母澤寛の祖父は、旧幕臣の梅谷《うめたに》十次郎。彰義隊で戦い、さらに、五稜郭でも抵抗し、二度の無念な敗北ののち、「維新」の世に背を向けるように、北海道石狩の厚田村で開拓に加わった。節を曲げなかった旧幕の士である。

子母澤寛は、この祖父に育てられ、影響を受けた。

大正時代、東京に出て新聞記者になり、ひそかに、新選組の生き残りに会い、取材をした。

戦前、新選組は朝廷に刃向かった逆賊とされていた。皇国史観の支配する大日本帝国下にあっては仇役である。子母澤寛はあえてその賊軍に関心を持った。祖父への追慕の念と、敗れた側の名誉回復の思いである。

そして、関係者への聞き書きから『新選組始末記』を書いた。出版は昭和三年。戊辰戦争からちょうど六十年目。この本が、新選組の復権につながった。時代小説の世界での子母澤寛の功績は、きわめて大きい。

『蝦夷物語』では、祖父の負け戦さを辿り、石狩での苦難の開墾生活を描いているが、それで思い出す「旧幕もの」は、北海道石狩郡の当別町に生まれ育った昭和の作家、本庄陸男《ほんじょうむつお》の長篇小説『石狩川』。

東北仙台藩の支藩、岩出山《いわでやま》藩は戊辰戦争の折り、幕府側に付いて戦ったため、「維新」後、賊軍とされ、藩は取り潰し同然になる。会津藩が津軽の厳寒不毛の地に移封された（斗南《となみ》藩）ように、岩出山藩は北海道の現在の当別町へと追いやられた。当時は、未開の地である。『石狩川』は、その地での旧幕臣の苦難を描いている。

『石狩川』を映画化したのが、昭和三十一年に東映で製作された、佐伯清監督、大友柳太朗主演の『大地の侍』。『江戸一寸の虫』と並ぶ「旧幕もの」の傑作である。

残っていないと思われていたこの映画の一六ミリのフィルムが、当別町に保存されていることがわかり、二〇〇三年に札幌で上映された。これを観たときの感動は忘れ難い。寒冷の僻地に追いやられた旧幕の侍たちが、なんとか冬を持ちこたえ、城主（伊藤久哉）を雪のなかで迎えるラストシーンは、監督の佐伯清が自ら「涙がこぼれた」と語っているように、旧幕臣の気概、意地、誇りがにじみ出て、涙なくしては観られなかった。

子母澤寛の『新選組始末記』が出版された昭和三年には、近代史で重要な祝い事があった。昭和天皇の弟、秩父宮親王が、長く朝敵とされていた会津松平家出の勢津子《せつこ》姫と結婚した。いわば、戊辰戦争を戦った官軍と幕府軍の和解である。会津側は長年の敗者の屈辱を晴らした。会津雪冤《せつえん》となった。

しかし、「維新」後の、会津藩の屈辱はそれで晴れたのか。敗者の無念の思いは深く重い。そのあらわれが、曾祖父が会津藩士だったという早乙女貢の大著『会津士魂』だろう。昭和六十三年に完成した全十三巻のこの大河小説は、幕末の会津藩の苦闘の歴史を辿っているが、徹底した「旧幕史観」で貫かれている。「尊皇の志士」などならず者に過ぎない。坂本龍馬など策謀家と容赦ない。「旧幕もの」の極にあるといっていい。会津の人がいまもこの著書を愛するのは当然だろう。

個人的な話になるが、『会津士魂』に熱中していた人間として、二〇〇五年に平凡社から日本の時代劇映画について書いた『時代劇ここにあり』を出したとき、一度もお会いしたことのない雲の上の人、早乙女貢氏に献本した。映画の本など無視されて当然と思っていたところ、思いがけないことに氏から丁重な御手紙をいただいた。

拙著は、自分では「旧幕もの」と思っている。氏はその想いをわかってくださった！氏の御手紙は、和紙に墨書されていた。さすが「侍」と頭が下がった。

## 「旧幕もの」の真髄は庄内藩の敗者にあり

藤沢周平は山形県の鶴岡の生まれ。農家の出だが、鶴岡のある庄内藩が幕末、幕府側として最後まで官軍と戦ったことを忘れているはずはない。

その旧幕への思いがあふれ出ているのが『雲奔《くもはし》る 小説・雲井龍雄《くもいたつお》』。同じ山形の米沢藩で幕末、幕府側として戦った藩士、雲井龍雄を描いた「旧幕もの」。

幕府瓦解後、捕えられ、二十七歳の若さで処刑された悲劇の士である。戊辰戦争で敗れた東北の町で育った藤沢周平の、旧幕への心情がこの作品の核になっている。

勤皇か佐幕か。官軍が東北へと迫るなかで米沢藩の上層部は、どちらに付くか揺れに揺れる。それまでは幕府側で戦う意を持っていた家老、千坂太郎左衛門が、形勢不利と見て、ついに官軍に降服することを決める。驚いた龍雄は千坂の家を訪ねて詰問する。

「会津は領内いたるところ敵に蹂躙されながら、まだ戦っています。しかるに、領内にまだ一兵も敵を入れていないわが藩が、早くも降服を決めた。太夫、これはどういうことですか」

まさに裂帛《れっぱく》の気迫。同じ奥羽越列藩同盟の会津藩が苦難に陥っているときに、それを見捨てて朝廷に恭順していいのか。雲井龍雄の義に藤沢周平は明らかに思いを託している。

山田洋次監督の『たそがれ清兵衛』（二〇〇二年）は、藤沢周平の同名の小説をはじめ「竹光始末」「祝い人助八」を組合わせている。この映画は原作以上に「旧幕もの」になっている。というのは、真田広之演じる清兵衛が、最後、戊辰戦争に幕府軍として戦い、官軍の銃で戦死するのだから。「剣」（幕府）が「銃」（官軍）に敗れた。ちょうど、上野で彰義隊の「剣」が官軍の「アームストロング砲」に敗れたように。

丸谷才一は、藤沢周平と同じ鶴岡出身。藤沢周平より年長で大正十四年生まれ。昭和二十年、二十歳のときに兵隊に取られた。文学好きの少年にとって苦痛の体験だった。「どうせ自分は死ぬのだ」とあきらめた。

丸谷才一に、そのときの体験をもとにした「秘密」という中篇小説がある。主人公の青年が兵隊に取られることになり、祖母に別れの挨拶に行く。

ここで祖母が言う。「ええが、チョウスウのために死ぬのはやめれ」。「チョウスウ」とは長州のこと。戊辰戦争の勝者である。それに対し、敗者の庄内藩の人間である祖母は太平洋戦争は「長州」の始めた戦争であるから、鶴岡の孫がそのために死ぬことはない、と言っている。「旧幕もの」の真髄がここにある。

## 若者の青春と台湾現代史——東山彰良『流』

『流《りゅう》』
講談社文庫、二〇一七年

台湾で、国民党政権による約四十年間にわたる戒厳令が、蔣介石の長男、蔣経国によって解除されたのは一九八七年。翌八八年には、李登輝が本省人（本島人）としてはじめて総統となり、民主化が進んでいった。

一九九三年に台湾を旅した司馬遼太郎は『街道をゆく40　台湾紀行』（朝日新聞社、一九九四年）のなかで書いている。八八年一月に、李登輝総統が誕生して「台湾のひとびとの表情が、一挙におだやかになった」。

### 幻談とリアリズムの妙

東山彰良は一九六八年に台湾で生まれ、五歳まで台北で過したという。その後、福岡で成長した。父方の祖父は中国の山東省の生まれ、国共内戦の時には、蔣介石の国民党に加わり、共産党と戦った。内戦に敗れたあと、台湾に渡った。いわゆる外省人である。

『流《りゅう》』は、まだ戒厳令が敷かれていた一九七〇年代の台北で育った「わたし」（葉秋生）と祖父（葉尊麟）の物語。青春小説であり、家族の物語であり、そして、背景に国共内戦から現代へと流れる台湾の現代史がある。

戦争、殺戮、暴力、殺人が繰返し起るが、主語が「わたし」であるために文章に落着きがあり、大河小説の風格が感じられる。侯孝賢《ホウシヤオシエン》やエドワード・ヤンの映画を思わせるところもあり、実に面白い。台湾の現代史が若者の目を通して生き生きと語られる。

一九七五年四月五日、蔣介石総統の死去から始まる。「わたし」は当時、台北の高校生。歴史の転換期のなかにいる。

台北市民は悲しみに沈む。総統府に弔問に訪れる数キロに及ぶ市民の姿を伝えるテレビのアナウンサーは「我らが偉大なる総統はもういないのです」と泣き声で伝える。

「わたし」は、「あの年代の台湾の子供たちにとって、蔣介石は神にも等しい存在だった」と書く一方、総統の死を冷ややかに見つめる目も持っている。競い合うように泣き叫ぶ弔問客を見ながら、こう思う。「ここで存分に愛国心を発揮しておかなければ、のちのちどんな災厄が降りかかるか知れたものではない」。戒厳令下に生きる怖さを充分によく知っている。ちなみにこの小説は、「わたし」が四十歳を過ぎた時点での回想という形を取っている。

高校生の「わたし」にとって総統の死は大きな出来事だったが、すぐに日常に戻る。蔣介石という巨星が堕ちたことで気が楽になったこともある。「台湾の足首にくくりつけられていた重石《おもし》が取れ、アディダスのランニングシューズに履きかえたような空気がそこはかとなく漂いだした」。

「神にも等しい」総統の死で、それまでの重苦しい空気が変わった（それでも戒厳令の解除まではまだ十年以上ある）。

「わたし」の父親は高校教師。叔母は編集者として活躍する（台湾では編集者には女性が多い）。そんな家庭だが、「わたし」は喧嘩に明け暮れている。「いつしかわたしは生傷の絶えない身となった」。とくにやくざ（黒道）の下っ端と友人だったために、やくざの喧嘩にも巻きこまれる。戒厳令下の時代に、巷では、暴力が日常化している。その奇妙さ。「当時の台北市はいまよりうんと混沌としていて、どんなことでも起こりえた」。

台北では個人の喧嘩が、集団の喧嘩に発展してゆく。台北のストリートを血気さかんな高校生たちが息せききって駆け抜ける。まさに、〝けんかえれじい〟。

このあたり、台湾映画、エドワード・ヤン監督の『牯嶺街《クーリンチエ》少年殺人事件』（一九九一年）や、ニウ・チェンザー監督の『モンガに散る』（二〇一〇年）を思わせる。

喧嘩ばかりといっても決して殺伐とはしていない。「わたし」は両親の言うことをよく聞くし、結局は落ちるが大学の入学試験を受けようとする。二歳年上の幼なじみの女性が好きになる。まだウブなところがあり、読者は「わたし」に好感を持ってくる。

随所にユーモアもある。

突然、家のなかに、降って湧いたようにゴキブリの大群が襲来する大騒動など、グロテスクな笑いがある。どうもこのゴキブリは、死者の霊と関係があるらしく、「わたし」が何年か前に死んだ若い女性の亡霊に会うところは、異様なファンタジーにもなっている。祖父は台北で布屋を始め、そこそこ成功する。この祖父は迷信深く、「お狐様」を信じ、そのための廟を作る。「お狐様」をめぐる怪談のような話もいくつか紹介される。中国の怪異譚『聊斎志異《りょうさいしい》』を思わせる。台北の熱気あふれるストーリーの現実と、「お狐様」の幻談。リアリズムとファンタジーが重なり合うところにも、この小説の面白さがある。ラテン・アメリカ文学の特色である魔術的リアリズムに通じるものがある。

台北の「わたし」の生活に、時折り、日本文化が思わぬところで顔を出すのも面白い。ゴキブリ退治の時には、「わたし」は日本の「ごきぶりホイホイ」の威力に感嘆する。喧嘩ばかりしているチンピラのあいだでは日本の学生服を着るのが大人気になっている。「わたし」の叔父さんは当時、貴重だったVHSビデオプレイヤーを持っていて、それでひそかに手に入れた「A片」(ポルノビデオ)を見るのを楽しみにしている。八〇年代になってのお気に入りの女優は日本の「愛染恭子」。

「わたし」の昔気質の祖母は、のちに社会人になった「わたし」が日本からの土産に持ち帰った女子プロレスのビデオを見て、しとやかであるべき女の子が、とびっくり仰天する。さらに「後年、ダンプ松本の登場により取り返しのつかないことになる」。

このあたりもユーモラス。

## 「祖父」の原罪

一九七〇年代は、「天下泰平のように見えても台湾と中国はいまだ戦争中なので、両岸のやりとりは第三国を介して行われなければならなかった」。

つまり、台湾の人間が、中国の人間に手紙を出す時には、直接、中国に出すことは出来ない。いったん日本の知人などに託して出してもらう。

中国と台湾の緊張が続いている。

「わたし」の祖父の世代は、台湾を仮住いと考えている。いずれ共産党との戦いに勝って大陸に帰ることを夢見ている。

しかし、彼らの夢も、蔣介石の死と共に破れてしまう。「大陸反攻」は夢のまた夢。

その矢先、ある夜、祖父が何者かに殺される。「わたし」が第一発見者になる。祖父は一人で店にいる時に襲われ、手足を縛られ、風呂で溺死させられた。

よほど祖父に怨みを持つ者の犯行に違いない。誰が犯人か。「祖父」に可愛がられていた「わたし」は、犯人を自分の手で見つけ出そうとする。

「わたし」の現在（一九七〇年代）と、祖父の過去（一九四〇年代）が、ここから重なり合ってゆく。「わたし」の世代と「祖父」の世代が、殺人事件によって交差する。

この祖父には作者の祖父が投影されているという。ただ、「わたし」は、作者自身より十歳ほど年上に設定されている。従って完全に自伝的小説ではない。

台湾には徴兵制がある。現在は四ヶ月の軍事教練期間を設けているが七〇年代は二年だった。青春の成長期にとって大きな負担だろう。「わたし」はなんとかして徴兵のばしをはかるが、結局は、兵隊にとられる。

ドラム缶のなかに入り、丘の上からころがるという上官のしごきにあったりする。気を失なってしまうが、喧嘩慣れしているし、学校では体罰が当り前だったから、この程度のことではへこたれない。軍隊でのしごきがユーモラスに読めてしまうのもこの小説の痛快なところ。

徴兵から戻ると、好きになった女の子の心が離れている。若い時の二年は長い。「わたし」は打ちのめされるが、立ち直りも早い。

社会人になった「わたし」は、日本語を学び、食品貿易会社で働く。日本で当時、盛んになったファミリー・レストランに、ほうれん草やニンジンなどの野菜を卸す。日本はちょうどバブル経済期にあったので、この商売は大当りする。仕事で知りあった、日本に住む台湾の女性と知り合い、結婚する。

この女性と千葉県あたりのホテルで抱き合う。二十三歳にして「わたし」ははじめて女性の肌に触れたというから、不良ぶってはいるが、案外、純情で微笑ましい。

成長してゆく「わたし」だが、殺された祖父のことを片時も忘れない。誰が殺したのか、犯人探しを続けようとする。

その過程で「わたし」は、祖父の過去を知ってゆく。国共内戦の時、祖父は、どうも匪賊として暴れたらしい。山東省の小さな村で村人たちを惨殺した。その恨みを買って復讐された。とすると犯人は、祖父の身近にいてずっと命を狙っていたのではないか。

このあたりミステリの様相を帯びてくるが、著者の意図は、犯人探しにあるのではない。無論、意外な人物が犯人と分かる面白さはあるが、それ以上に、この小説の後半になって浮き上がってくるのは、国共内戦時の祖父の原罪である。

台湾では、一九四七年に、外省人が本省人を弾圧する事件が起きたが（侯孝賢の『悲情城市』〈一九八九年〉に描かれた二・二八事件）、その事件とはまた別に、台湾にやってきた外省人には、中国大陸で殺戮をしていたといういぬぐいがたい過去があった。

「わたし」は、祖父のその大陸時代の原罪に向き合おうとする。一九八七年、「大陸訪問」が解除される。「わたし」は思い切って、祖父が殺戮を起した山東省の小村に行ってみる。

そこで祖父殺しの犯人を確認するのだが、同時に祖父の犯した罪とも向き合うことになる。「わたし」の現在と「祖父」の過去が重なり合う。「わたし」は、「祖父」の過去を知り、その重荷を背負うことでしか、先へ進めない。軽やかな青春小説で始まった物語は、最後に、台湾現代史を考えさせる大きな物語として立ち上がってくる。

# ホームレスの行方——木村友祐『野良ビトたちの燃え上がる肖像』

『野良ビトたちの燃え上がる肖像』新潮社、二〇一六年

「ホームレス」という言葉が使われるようになったのは、二十一世紀になってからだろう。それまで「浮浪者」と呼ばれていた路上生活者を「ホームレス」という。ただの呼び替えではあるが、格差社会になり、路上生活者が社会問題として大きくなったことが背景にある。

二〇〇二年には「ホームレスの自立の支援等に関する特別措置法」も出来ている。ブルーシートをかけた段ボールの家を都内の公園や隅田川べりなどで見かけるようになったのも、この頃からだった。

二〇〇一年に公開された辺見庸原作、今村昌平監督の『赤い橋の下のぬるい水』では、冒頭、役所広司演じるリストラされたサラリーマンが、隅田川べりのテラスに設置した段ボールハウスで暮す、年老いた世捨人のようなホームレス（北村和夫）を訪ねた。

二十一世紀のはじまりの年の映画にホームレスが登場したことは強く印象に残っている。

二〇一四年に出版された柳美里の、福島県出身の出稼ぎ労働者を描く小説『JR上野駅公園口』（河出書房新社）では、主人公は、一九六四年の東京オリンピックの頃に東京に出て来て建

築現場で働く。いったんは故郷の福島県相馬郡の小さな村に戻るが、妻が亡くなったのを機に、六十七歳で再び東京に出て、上野公園でホームレスになる。それが、ちょうど二〇〇〇年。

上野公園には、老いたホームレス（それも東北出身者）が多い。「親兄弟が亡くなり、帰るべき生家がなくなって、この公園で一日一日を過ごしているホームレス……」。

ホームレスのあいだでも確実に高齢化が進んでいる。格差社会の矛盾、しわ寄せが老いたホームレスを襲う。

## 現代社会のハックルベリィ・フィン

原発問題を扱った『聖地Cs』（新潮社、二〇一四年）などで知られる木村友祐（一九七〇年生まれ）の『野良ビトたちの燃え上がる肖像』の表題にある「野良猫」ならぬ「野良ビト」とは「ホームレス」のこと。現代社会の底辺に生きる路上生活者たちが主人公になる。柳美里といい、木村友祐といい、作家たちがホームレスに着目しているのは、そこに現代の大きな問題を見ているからだろう。

主人公の「柳さん」は六十三歳になる。東京都と神奈川県のあいだを流れる「弧間川《こま》」（架空）の神奈川県側の河川敷に住みついて二十年になる。いわばベテラン。

以前は、高圧電線の鉄塔のペンキ塗りをしていたが、転落事故によって辞めた。その後は建設現場での日雇い仕事をしたが、長くは続かず、ホームレスになった。

はじめは東京の西新宿にいたが、あまりに人が多いのに疲れて、「弧間川」に移った。青森県出身。同郷の元大工のホームレスが先にいて、彼に、家の作り方や、空缶の拾い方などを教わった。この先輩は十年ほど前に川が増水した時、逃げ遅れた飼い猫を助けようとして、濁流にのみこまれた。河川敷の暮しは、当然、危険が多い。

それでも、先輩が家の作り方を教えてくれたように、住民たちのあいだには、それなりのコミュニティが出来ている。「柳さん」は、新しく河川敷にやって来た若者「木下」や、暴力を振う夫から逃げてきた母親と幼ない娘に、ホームレスの生活の知恵を伝えてゆく。小さな共同体が生まれている。

作者の木村友祐は、本当に河川敷での暮しを体験したのではないかと思ってしまうほど、彼らの生活の細部をよく書きこんでいる。主題中心の大雑把な議論より、細部を充実させていることで、この小説を強靱にしている。

家を建てる時は、床を地面より高くして湿気を逃がす。空缶は、買い取りの対象にならないスチール缶ではなく、商品になるアルミ缶を集める。その分別をしたあと、きちんと片づける。ゴミ袋は決して破らない。夏は、蚊が大敵だから蚊よけのスプレーは必需品になる。

さらに作者は、河川敷に暮す住人たちを愛情込めてスケッチしてゆく。「徳田さん」は元鳶職。アルミ缶の他に、貴金属を見つけ出すのを得意にして、金が入るとパチンコに出かけてゆく。「梶さん」は元板前。空缶集めの他に競馬の予想屋もする。釣りも好きで、川エビを釣りあげては、唐揚げにして酒の肴にする。住人ではないが、「小池さん」という野良猫の世話をしている気のいい男もいる。

河川敷ではスイカやゴーヤー、たけのこもとれる。川ではモクズガニやスッポンもとれる。小さなコミュニティは、世捨人たちの隠れ里のように見える。住人たちはアウトドア生活を楽しむハックルベリイ・フィンのようでもある。

## 隠れ里を追われて

ホームレスが社会問題になる時、必ず言われるのは「自己責任」。彼らが困難な状況にあるのは、自分が努力しなかったからだ、と。為政者にとって、こんな便利な言い逃れはない。政治の責任は棚に上げて、「悪いのは、努力をしなかったお前だ」にしてしまう。

「柳さん」はそれが分かっているから、お上には頼らず自前で生きようとする。空缶集めでわずかながら稼ぐ。廃品を活用して家を建てる。自助努力をしている。

実は、この小説は、至近未来を舞台にしている。二年後に東京オリンピックが開催されることになっているというから、二〇一八年ころを想定している。それでいて、至近未来という印象がない。小説が出版された二〇一六年の物語といっても納得してしまう。

現実の話であっても、少しもおかしくない。

河川敷は住みやすい、という噂がたつ。当然、あちこちからホームレスが集まってくる。景気が悪くなり、世にホームレスが増えればなおさらのこと。

「柳さん」がある日、気がつくと、河川敷には、ホームレスが増えている。バングラディッシュから来た若者もいる。河川敷は、まるで難民キャンプのようになってゆく。それまでは楽に使えたトイレや水道に長い行列が出来てくる。コミュニティの秩序が壊れてゆく。生きることに必死なホームレスは、次々に新しい仕事を作り出す。枯れ枝や流木を薪にする薪屋。汲み取り屋。尻を拭くのにいい葉っぱを売る葉っぱ屋。

行政は動かないから、自助努力をするしかない。マスコミも政府に遠慮してホームレスの実情を報道しない。そればかりか、政府は景気が悪いことを口にすると罪になる「不景気煽動罪」を作ろうとしている。

それだけではない。

川沿いには、普通の住宅地がある。だからこそ、そこから出されるゴミ（空缶）によってホームレスたちはなんとか生きていた。

しかし、増え続けるホームレスを見て、町の住民たちは、排除にかかる。小市民の暮しを守るために、ホームレスを町から締め出そうとする。「野良ビトに缶を与えないでください」と看板が立つようになる。

格差社会では「勝ち組」が「負け組」を排除しようとする。あれは一九九六年だったか、新宿駅西口の地下通路にホームレスがふえたため、行政は彼らを締め出した。管理社会の不寛容であり、「ジェントリフィケーション」（美しい町づくり）の一環である。

一般都市社会では、「汚れたもの」を人目のつかないところへ追いやる。スラムは市中から離れた周縁へと移ってゆく。臭いものにフタである。柳美里の『JR上野駅公園口』には、上野駅公園のホームレスは、皇族が公園内の文化施設を訪れる時は、「特別清掃」の名のもとに、一時的に公園から追い出されることが指摘されている。

数が少ないうちは、大目に見られ、それなりに平穏な暮しをしていたホームレスが、不景気になって、その数が増えてゆくと、邪魔者扱いされてゆく。

川べりにはさらに超高級マンションが出来る。金持ばかりが住む。敷地はゲートによって守られる。いわゆるゲーテッドタウン。河川敷のホームレスの粗末な家と、高級タワーマンション。格差社会の究極の対比である。黒澤明監督の『天国と地獄』（一九六三年）を思い出させる。「勝ち組」は「負け組」を排除するために暴力を使ってくる。警官や警備会社の者たちが巡回を始める。自警団が作られる。さらにホームレスの一部が「彼ら」に雇われ、同じホームレスを襲うようになる。

かつての、のどかだった河川敷は修羅場になってゆく。「柳さん」も、「木下」も、母娘も、小さな楽園を追われてゆく。

作者は、この小説に解決を与えていない。

ただ、近い将来に起り得るかもしれない危機を先取りする。そして、追いつめられたホームレスたちを、最後、幻想の彼方へと逃がしてゆく。それしかもう彼らを救う方法がないというかのように。

この小説は、シニア世代には戦後公開されたイタリア映画、ヴィットリオ・デ・シーカ監督の『ミラノの奇蹟』(一九五一年)を思い出させる。イタリアン・ネオ・リアリズムとファンタジーが溶け合った秀作。井上ひさしが愛した。

ミラノの町はずれの原っぱには、貧しい人間たちが小屋を作って住みついている。孤児院で育ったトトという少年は、この原っぱの住民になる。貧しい人々が、小さなコミュニティを作っている。

ところがその原っぱに石油が出たことから地主が私兵をつかって、掘立小屋の住人たちを追い立てる。リーダーとなったトトは、彼らを連れ、魔法を使って、遠くの国を目ざして空を飛んでゆく。現実にうちのめされた者はもう、この夢を信じるしかない。

# 小さな地方都市で起きた大きな事件

——奥田英朗『沈黙の町で』

『沈黙の町で』
朝日文庫、二〇一六年

学校でのいじめが社会問題になったのは一九八〇年代だったろうか。手元の昭和史の年表を見ると昭和六〇年（一九八五）に警察庁がはじめて「いじめ」の実態調査をまとめたとある。それによると、前年、男子一二八五人、女子六三五人を補導。自殺者は七人。その多さにいまさらながら驚く。

翌年には東京都中野区の中学二年の男子生徒が「まだ死にたくない。だけどこのままじゃ『生きジゴク』になっちゃうよ」と遺書を残して自殺。社会に衝撃を与えた。この少年が鉄道好きだったこともあり事件のことをよく覚えている。

## 複眼的筆致

あれから三十年近くなるのにいっこうにいじめはなくならない。いじめをめぐる論議も語り尽されていて行方が見えない。

奥田英朗の新聞連載小説『沈黙の町で』は、いじめの問題を多様な面から描き出していて、これまでになくこの問題を深く考えさせられる。事件に関わった誰もが、子供も親も教師も、被害者であると同時に加害者である、加害者であると同時に被害者でもある、というところに事態の複雑さ、困難さがある。

奥田英朗はこれまでも『最悪』（講談社、一九九九年）『無理』（文藝春秋、二〇〇九年）などで群像劇を描いていたが、この長篇も多様な人間が登場し、交差する。事件をさまざまな視点からとらえているところに大きな特色がある。ひとつの正義から事件を裁くことはしない。

子供たち、その親、学校の教師、さらに刑事、新聞記者、検事ら。視点人物が変わるたびに事件が違ったふうに見えてくる。「藪の中」（芥川龍之介）というのとは違う。「藪の中」は、ひとつの答があるという前提のうえでの混乱だが、この小説は、いじめには解決があるのか、答があるのかという疑問を抱えたうえで書かれている。だからミステリの要素はあってもミステリではない。作者自身が多くの視点に立っていじめを考えようとしている。

舞台になるのは桑畑という北関東の人口八万人ほどの小さな町（架空）。名の通り農業地帯だが都市化が進んでいる。犯罪とは無縁だったが都市化と共に窃盗や傷害事件が起きるようになっている。『無理』も東北の人口十二万人ほどの町を舞台にしていたが、地方の小都市では現代社会の矛盾があらわになることが多い。

町の市立中学校で事件が起きる。

名倉祐一という中学二年の男子生徒が転落死した。部室棟の屋根から落ちたのか、棟の脇に立っているイチョウの木から落ちたのか。

自殺か、事故死か、あるいは。

警察が動き出す。死んだ祐一の身体には多数のつねられた跡がある。少年はいじめに遭っていたのではないか。

事件性が強いと判断した警察は学内で捜査を始める。なんと刑事二十人が、祐一のクラスの生徒三十四名と所属していたテニス部の部員三十五名の話を聞く。警察は「ヒヤリング」といっているが、実質的に事情聴取といっていい。

かなり強引で、学校側は混乱する。校長をはじめ先生たちはただ動転し、まともな対応が出来ない。警察の力の前では学校側も、一人一人呼ばれて「ヒヤリング」を受ける中学生も被害者だが、事件性がありと考えて学校に入りこんでくる警察の前では誰もが無力でしかない。

いじめが社会問題化してゆくにつれてこういう警察の行動がもう疑問視されなくなっている。学内自治という考えなど消しとんでいる。まともな対応が出来ない学校にも問題がある。一人一人の教師は善良なのだが、生徒の死という事態を前にただ困惑するばかり。

といって奥田英朗はひとつの正義に立って警察や学校を批判しない。子供たちも親も。ただ事件が引き起こす混乱を事実として冷静にとらえてゆく。

## 因習への警察の介入

「ヒヤリング」の結果、四人の生徒がいじめに関わったことが明らかになる。クラスメートの藤田一輝と金子修斗、テニス部員の坂井瑛介と市川健太。このうち藤田と坂井は十四歳になっていたのでなんと逮捕されてしまう。市川と金子は十三歳のために児童相談所送りになる。誕生日の違いで大きな差が出る。当然、逮捕された二人の子供の母親は「なぜうちの子供だけが」と嘆く。

警察のやり方は強引だが、警察には「日本の法律は、少年犯罪にすこぶる甘い」という意識がある。さらに桑畑市というその町の保守的な体質もある。

逮捕された藤田の祖父は町の有力な県会議員で、早速、警察に乗り込んでくる。それを知った刑事の一人はこんな述懐をする。

「桑畑市を含むこの地方は、昔から地縁血縁がものをいう土地柄で、常に理屈や正義は後回しにされた。だいたいがナアナアで済ませられる。示談が多いのは助かるが、親戚・知人を介した交通違反のもみ消し依頼は日常で、警察官の大いなる悩みの種だった」

「ナアナア」が日常化している町で今度の事件だけは警察が強力に捜査を進め、確証がないままに口裏合わせを警戒して二人の中学生を逮捕した。

それだけいじめが社会問題化しているからだろう。警察は「いじめはなくさなくてはならない」「学校は当てにならない」という世論の後押しを受けていると考えている。実際、いじめがいまや犯罪と化している状況では警察の介入は仕方がないかもしれない。

## ネット社会が孕む静かな狂気

もうひとつ、ネット社会の問題がある。

いじめが発覚すれば、加害者のプライバシーはたちまちネット上にさらされる。刑罰より先にネットで社会的制裁が加えられる。

この小さな町でもたちまち四人の中学生の実名も顔写真もネットに流れる。自宅の住所と親の勤務先までがネットの掲示板にさらされてしまう。加害者が一転して被害者になる。

一方では個人情報の重要性が言われ、学校では保護者名簿さえ配布しない。他方で誰が流すのか、四人の子供たちの実名と顔写真、住所と親の職業までネットでさらされる。

これには警察も学校も手の打ちようがない。

教師の一人がネット社会についてこんなことを言うのが興味深い。

「おれな、今の中学生は携帯電話とネットがあるから、教師ながら生徒を気の毒に思うときがあるんだよね。こんなことを言うと問題発言かも知れないけど、昔ならクラスで発言権も与えられなかった地味な子たちが、自由にものを言えるようになっちゃって、彼らは生身の人間を充分経験してないから、死ねだの、ゴミだの、ひどい言葉を平気で発信するわけよ」

携帯電話とネットは「地味な子たち」、いわば弱者の武器になっている。この教師は、「子供の世界では、いじめが娯楽なのだ」とも思い知らされる。

いじめに遭っていた名倉祐一は町の裕福な呉服屋の子供だった。だから仲間にたかられた。ひよわな子供だったのでいじめは加速していった。

子供の世界ではいい意味でも悪い意味でも目立ってはいけない。ソフトボール部の二年生の女の子がいる。実力がありエースに選ばれそうになる。目立つ。たちまち悪意にさらされる。スカートに石灰をつけられる。

「急に胸が痛くなった。誰かに意地悪をされたのだ」。生まれてはじめて他人から悪意を受け、彼女は動揺する。「中学生には家と学校しかない。だから、いとも簡単に追い詰められる」。結局、彼女は先生に筋が痛いといってピッチャーをやめる。目立たなくなったら悪意も消えた。

朋美というこの女の子は思う。「こういう状況で戦える女子中学生がいたら、きっと末は弁護士か政治家だ。自分は普通の女の子なのだ」「朋美が望むのは平穏な学校生活だ」。

## 子供の世界のわずかな救い

こういう普通の子供たちのあいだでいじめが起きる。「平穏な学校生活」といじめが同居している。おそらくどこの学校でも起りうることだろう。

この女の子は一方で、友情や正義も信じていて、逮捕された同級生に、授業のノートを取って届けたいと先生に提案する。刑事に逮捕された坂井という生徒がどういう生徒だったかと聞かれると、「喧嘩が強くても、やさしいです」とかばう。

子供の世界でもモラルがあることが分かる。仲間を悪くいわない。友情を守る。児童小説の古典、吉野源三郎の『君たちはどう生きるか』で、主人公の中学二年生の男の子は、友人たちが上級生に乱暴されている時、自分だけが隠れてしまったことを恥じ、自分を卑怯者と恥じた。昭和戦前期の話だが、そのモラルはおそらく現代でも変っていない。『沈黙の町で』の中学生たちにも何よりも友情を守ろうとする強い意志がある。

四人の一人、市川健太という少年は検事に、逮捕された坂井瑛介はどんな子かと聞かれ、「友だちを裏切らないし、卑怯なことをしないし……」と答える。子供にとって最高のほめ言葉だろう。健太は、坂井瑛介が母子家庭の子供と知っているからなおさらかばおうとする。この小説がいじめを描きながら決して後味が悪くないのは、子供たちのあいだに、それでもなお友情が信じられているためだろう。

大人には理解しにくいかもしれないが、子供たちは確かに友情を信じている。そのために刑事や検事に、さらには親にも本当のことを言えないでいる。友人をかばうために、自分たちが傷ついてゆく。

結局、名倉祐一は事故死と分かるのだが、事件によって子供たちにも親たちにも深い傷が残る。それを癒すことはおそらく誰にも出来ないだろう。ただ傷を直視するしかない。

# 出生の秘密の小説を書くこと――桜木紫乃『砂上』

『砂上』
角川書店、二〇一七年

桜木紫乃がまたいい小説を書いた。

桜木紫乃は、一貫して、生まれ育った北海道を舞台に、格差が広まる社会の隅に生きる人々を書き続けている。

『砂上』は、小説を書きたいと思っている四十歳の女性を主人公にしている。柊《ひいらぎ》令央《れお》という。三年前に離婚した。六十歳になる母親を亡くしたばかり。水商売をして自分を育ててくれた母親が残してくれた小さな家で一人暮しをしている。

家は、札幌の郊外、江別市にある。人口十二万人ほど。多くは札幌に通う勤め人だろう。北海道では、札幌一極集中が進んでいる。江別はその周縁にある。

令央は、駅前の小さなビストロで働いている。幼なじみが開いている、地元に根をおろした店。そこでの給料は月にわずか六万円。無論、それでは暮せない。別れた夫から慰謝料として月五万円振込んでもらっている。合計十一万円で、暮しをやりくりしている。月十一万円の暮し。いくら家が持ち家でも、楽ではないだろう。

桜木紫乃の小説の特色のひとつは、地方で暮す人間たちの生活のディテイルをきちんと書き込むことだが、ここでも令央の月の収入を明示する。現代の作家のなかで、桜木紫乃ほど、生活費を明確に書く作家はいないのではないか。「生活」とは「月々に入ってくるお金」であることを痛いほどよく知っている。文学作品にお金の話を書き込むことは、本筋からはずれると思われるかもしれないが、一人の人間の生を描くのに、生活費のことを忘れては、現実味が薄れる。永井荷風は、抒情的な作家ではあったが、代表作『濹東綺譚』でも、語り手である「わたくし」が、私娼のお雪の家にいった時、まず、いくらかというお金の話をした。私娼という生活者にとっては大事なことだ。

## 小説を書く過程を描く小説

令央は十三年ほど前から小説を書いては東京の文芸誌に応募している。無論、簡単に認められる筈もない。令央はカルチャー・センターに通って文芸講座を受けているわけではないし、同人誌に参加もしていない。もともと他人と付合うのが苦手なので、一人で小説を書こうとしている。

なぜ令央は小説を書きたいのか。

有名になりたい、とか、それで暮しを立てたいという世俗的な思いは当然あるだろう。しかし、令央には、それ以上に「書きたい」「これだけは書いておきたい」という強く、熱い思いがある。小説を書くに当って、そうした思いは、もっとも大事になる。

令央の書きたいこととは、亡くなった母のこと、自分の娘のこと、そして自分のこと。女三代の物語を書きたい。そこには、古来、文学の始原とされている「出生の秘密」が関わってくる。その秘密は徐々に分ってくるのだが、とりあえずはいま、令央にはそれを小説にするのはあまりに荷が重い。

そんな時、令央が、ある雑誌に応募したエッセイが編集者の目にとまる。小川乙三《おとみ》というその女性編集者は、東京から令央に会いに札幌に来て、小説を書かないかとすすめる。もっとも、この編集者は令央に会うためだけに札幌に来たわけではない。有名な作家に会う、そのついでに令央に会うことになった。このあたりの東京の編集者と、地方に住む、作家になりたい女性の力関係を忘れずに書くところも、苦労人の桜木紫乃らしい。

小川という編集者は令央より年下だが、遠慮なくものを言う。「書かせる」という強い立場にいるから、表現もきつくなる。はじめ令央はその偉そうな態度に「いけすかない女」と反発するが、思い切って小説を書き始めると、小川の言っている批評、アドバイスが的確であることに気づいてゆく。

「書き手が傷つきもしない物語が読まれたためしはありません」

「経験が書かせる経験なき一行を待っています」

「心を痛めながら書いてください」

三人称一視点で書くようにと具体的な指示もする。小川は、令央がエッセイに書いた、母と娘、娘とその娘の物語、とりわけ、水商売をしながら娘と孫を育てた母親に興味を持ったようだ。この母親を肯定するようにと言う。

まず三百枚を三ヶ月で書くことを約束させて小川は東京へと帰ってゆく。それまで小さな町で一人きりで小説を書いてきた令央は、ここではじめて編集者という伴走者、小説のいわば産婆役を得る。

こうして『砂上』は、小説を書いてゆく令央の苦しみが描かれる。小説を書く過程そのものが小説になってゆく。

## 人の不思議を書くということ

出生の秘密とは何か。

令央は十五歳の時に男が出来、妊娠した。地元で知られるとまずいので、母の知り合いの助産師を頼って浜松に、母と一緒に行った。砂丘に近い家にしばらく、身を隠すように滞在した。そして十六歳で女の子を産んだ。

美利《みり》というその子供は、母親のミオが自分の娘として育てることになった。令央から見れば、娘が妹になる。実は、令央自身も、自分の生い立ちをよく知らない。物心ついた時には、父親はいなかった。自分も、娘も、二代にわたって出生の秘密を持つことになった。

娘＝妹の美利は現在、二十四歳になる。母親の死後、二人で一緒に住むことになる。二階家だが、令央は生活空間を一階に移した。「暖房費節約」のため。こういう生活描写も生活者の視点を大事にする桜木紫乃の特色。

美利は町のカラオケ店で働いている。自立した、しっかりした女性に育った。仕事もきちんとこなすのだろう、二十四歳の若さで店長になった。美人で女子高校生に人気がある。

一緒に住むようになってから、ある時、美利は、思いがけないことを言う。自分が令央の妹ではなく、実は娘であることを早くから知っていた、と。

しかし、美利はそれを引きずらなかった。他人事のように冷静に受けとめて生きてきた。

「母親なんて、誰でもいいんだよ。父親がどれでもいいように、あたしには根っこなんて必要ないの」

出生の秘密などと大仰に騒がない。過去にこだわり続けている令央とは対照的に、美利は過去を切ろうとしている。早くから実社会に出て働き、カラオケ店の店長に就いた。強い個を持った女性である。この小説は、二人の対照的な女性を登場させることで、物語に厚味を持たせている。

これに、令央の母親が加わる。

令央はいったん三百枚、書き終えるが、それを読んだ編集者の小川は、あっさり、これでは駄目、と書き直しを求める。

「（これでは）詳細な体験記、という感じです」

「わたしは小説が読みたいんです。不思議な人じゃなく、人の不思議を書いてくださいませんか」

「屈託とか葛藤とか、簡単な二字熟語でおさまらない話が読みたいんですよね」

令央の書く苦しみは終らない。主題が大きいだけに、思い切って自分の心のうちに入りこめない。娘の美利のように「母親なんて、誰でもいいんだよ」と自分を突き放せない令央は、過去を知るために、母親を知るために十六歳の時に母と過した浜松に出かけてゆく。そこで、出産を助けてくれた助産師の女性に会い、はじめて母親の話を聞く。「根っこなんて必要ないの」と言う娘とは違い、令央は「根っこ」にこだわる。

小説とは記憶の上に成り立つ。「アイデンティティ」という言葉は「自己同一性」と訳されるが、要は、現在の自分が、間違いなく過去とつながっていることを確認することに他ならない。若い娘の美利には、現在につながるべき過去はまだ重要には思えないのかもしれないが、四十歳になる令央は、現在が不安定に感じられるからこそ、過去と確実につながっていたい。

浜松で、令央は助産師の女性から若き日の母の話を聞く。母のミオは、若い頃に北海道から東京に家出して、新宿で暮すようになった。一九七〇年代のはじめ。「若者の時代」の熱気は終っていたが、それでもゴールデン街あたりには無頼の空気があった。十八歳のミオは安酒場に集まる写真家たちに愛された。

そのなかの一人が、ミオをモデルに写真を撮り続けた。「ミオ18」「ミオ19」「ミオ20」と若さのただなかにいるミオの年齢順の写真を、助産師は令央に見せてくれる。はじめて見る母の若い姿に令央は心ふるえる。

ミオはやがて妊娠した。写真家は戦火のカンボジアに出かけてゆき、「行方不明」になってしまう。母もまた、若き日、自分と同じように「父親のいない子供」を産んでいた。だからこそ、令央が子供を産むことを望み、生まれ出た、本来は孫にあたる子供を自分の娘として育てた。令央は、母の話を聞いて、心高ぶらせる。「ああ、書きたい」。「根っこ」が見つかった。現在が過去とつながる。その時、物語の「誕生」が見えてくる。

## 実直な生活者とともにある物語

『砂上』は、令央が小説を書く過程そのものが描かれてゆくのだが、同時に、実は、この『砂上』そのものが、令央が書いている小説ではないか、という思いに読者はとらわれる。メタフィクションとは少し違う。小説を書いている現在と、書かれた内容である過去が、微妙に重なってゆく面白さ。「アイデンティティ」を主題にしているからこそ生まれる面白さだろう。桜木紫乃はまさに「不思議な人」ではなく、「人の不思議」を書いたことになる。

この小説にはもうひとつ美点がある。令央の暮しの背景に「小説を書かない人」、生活者がいること。令央が働くことになる小さなビストロの主人公とその母親。令央に月に六万円支払うのが大変なような個人経営の店をなんとか二人で切り回している。「飲み放題のない店」を地味に続けている。令央はこの店で働いていて居心地がいい。それは二人のひとえに「いちいち言語化しない」日常にある。言葉に生きようとしている令央が、実は、言葉に頼らない二人の生活者に支えられている。

生まれ育った北海道から動かずに小説を書き続けている桜木紫乃の強さは、こういう実直な生活者をいつも視線のなかに入れていることだろう。

# 一条の光——乙川優三郎『五年の梅』

『五年の梅』

新潮文庫、二〇〇三年

山本周五郎賞を受賞した作品集である。

周五郎にある講演で語ったという有名な言葉がある。

「慶長五年の何月何日に、大阪城で、どういうことがあったか、ということではなくて、そのときに道修町《どしようまち》の、ある商家の丁稚《でつち》が、どういう悲しい思いをしたか、であって、その悲しい思いの中から、彼がどういうことを、しようとしたかということを探究するのが文学の仕事だ」（「歴史と文学」）

この言葉は、そのまま乙川優三郎の小説世界にも通じるものがあるだろう。この作家もまた一貫して、市井《しせい》の人々、とりわけ社会の隅のほうにいる人々の「悲しい思い」を描き続けているのだから。

江戸時代は基本的に身分社会である。士農工商とわかれていただけでなく、侍のなかにもあるいは商人のなかにも厳しい上下の身分の別がある。

その厳しさが人々に「悲しい思い」を強いてゆく。そしておそらくはこの悲しみは、一見、自由で平等に見える現代のわれわれにも深いところで通じるものである。

本書は五つの作品から成っている。

主人公には、もう若くはない人間たちが選ばれている。長いあいだ下積みの暮しや、不自由な生活で苦労を強いられてきた。そんな人間たちが、追いつめられ、崖っぷちに立たされた最後の瞬間に、かろうじて生きる希望を取り戻し、もう一度生きてみようとする。もう一度生き直してみようと思い直す。

そういう物語が多い。思い出してみれば、山本周五郎の文学の核にあるものは、死よりも生を肯定しようとする清朗さである。貧しい人間や、窮地に陥いった人間が、最後のぎりぎりのところで生きる力を取り戻す。暗い闇のなかにかすかに光がさしこんでくるのを見出す。

## 土壇場での再生

乙川優三郎もその「暗さのなかの明るさ」を確実に受継いでいる。

冒頭の「後瀬の花」は、追いつめられた男女の物語である。男は、太物屋《ふとものや》の手代。小僧から奉公し、ようやく手代になった。しかしその先、番頭になるまでには何年もまた奉公しなければならない。年齢は三十歳くらいだろうか。もう若くはない。

そんな男が、小料理屋で働く女に惚れた。女のほうも心が動いた。女と一緒になるために男は店の金を盗み、女と逃げる。

しかし、そんな無暴な道行がうまくゆく筈もない。二人は追手に追いつめられる。そうなって、男は、女と逃げたことを後悔しはじめる。あのまま店で奉公を続けるべきだった。悔むばかりではない。男は女をなじりはじめる。女にだまされたと怒る。女は、そんな男を、男らしくないと責める。土壇場でそれぞれが本性をあらわしたような泥仕合をはじめる。

この小説は、不思議な仕掛けがほどこされている。いい争いをしている二人は実は、さきほど追いつめられた末に崖から落ちて死んでいる。二人の会話は、どうもあの世への入り口で行なわれているらしい。

しかし、その設定が怪談のように際立っているわけではない。むしろ二人が、夢のなかで言い合いをしているようにも読める。

このどうしようもなくなった二人はどうなるのか。暗いところへ落ちてゆくだけなのか。と思って読んでいると、作者は、思いもかけない明るい最後を用意する。

夜明け、周囲の山々の姿が見えはじめたとき、男は「目の前に広がる清閑《せいかん》な景色」に圧倒され、眺めいる。山々の姿を見ているうちにいつのまにか、心が洗われてきて、女に対して愛しい気持を感じるようになる。

志賀直哉の『暗夜行路』の有名な大山《だいせん》での場面を思わせる。自然の美しい風景に接して男の心のなかに、劇的な転回が起きた。死から生へと意志が反転した。

乙川優三郎は、こういう追いつめられた人間が、最後のぎりぎりのところで、一気に、生きる力を取戻そうとする姿に、思いを込めている。下積みの人間たちの暗い生活のなかに、最後で、光を与えようとする。

女もまた、男の転回を見抜いたようにいう。

「(略)どこかで遣《や》り直しましょうよ」「あたし、今度は何だって辛抱できるわ、またあんたに嫌われるかも知れないけど、根気よく教えてくれればきっとできると思うの」

土壇場で男も女も再生している。生きることの下手な人間たちに、もう一度、生き直す機会を与えてやりたいという乙川優三郎の優しさである。

## やり直しの物語

「やり直し」「生き直し」の主題は、形はちがってはいるが「行き道」でも「小田原鰹」でも、また「蟹」でも表題作の「五年の梅」でも繰返される。

「行き道」では、おさいという女性が、中風で寝た切りの夫に見切りをつけ、幼なじみのところへ行こうとするが、最後のところで思いとどまり、自分の居場所は、今いる家にしかないと思い定め、家へ戻ってゆく。もうじき四十歳になろうとする女性が、最後に「やり直し」を決意する。

この最後の彼女の転回では、下駄が小道具として実にうまく使われている。汚ない下駄をはいてきた彼女が、新しい下駄に替えようとする。しかし、結局は、もとの下駄の暮しをやり直してみようと考え直す。

「小田原鰹」は本書のなかでももっとも深く心に残る。この主人公は、四十二歳になるおつね。「行き道」のおさいより年上である。

彼女は、横暴で冷湿な夫との貧しい暮しに疲れ果てている。二十五年間の結婚生活を悔んでいる。といって、四十歳を過ぎた女の身で一人になることも難しい。世間への恨みごとばかり愚痴っている夫とこの先も暮さなければならないのか。

追いつめられた彼女が、最後に思い切った転回を行なう。夫に殴られ、嫌味をいわれ、ついに我慢できなくなった彼女が、家を出る決意をする。「行き道」では、おさいがやはり家に戻ろうと思うことが「やり直し」になったが、「小田原鰹」では、おつねが夫と別れ、家を出ることが「やり直し」になる。

「行き道」では下駄が印象的だが、「小田原鰹」では、折り箱（弁当）の使い方がうまい。父親を嫌って十四歳の時に家を出てしまった息子が、いまは料理屋で働き、堅実な暮しをしていることがわかる。おつねは何年ぶりかで息子に再会する。

苦労している母親をいたわるように息子はおつねに、自分で作った折り箱を二つ持たせる。家への帰り、おつねは、息子が心をこめて作ってくれた料理を、夫とは食べたくないと思う。

そして――、途中にある寺の境内に入るとひとり、折り箱を開け、箸をつける。一人だけで食べる。思いやりのかけらもない夫に耐えに耐えてきた女性が、はじめて見せた「反抗」といえるだろうか。この心に沁《し》みる場面があるからこそ、彼女の、ついに家を出る転回が説得力を持ってくる。

この小説は、ここで終ってもいいのだが、後日談が用意されている。一人取り残された夫の鹿蔵《しかぞう》のゆくすえである。このどうしようもない男のことなど、どうなろうがいいと思ってしまう読者をよそに、乙川優三郎は、この男にもまた「やり直し」の機会を与え、最後、殺されるとはいえ、その直前に、彼が真人間になってゆく姿を書き記す。ここにも乙川優三郎の優しさを見る思いがする。

## 小さな花の祝福

その優しさを体現したかのような、武骨でいながら心延《ば》えのいい男たちも登場する。「蟹」の、志乃《しの》が三度目に嫁ぐことになる岡本岡太という身分の低い侍。

海辺の粗末な家に一人で暮している。あいにく米を切らしているといって、志乃を茹《ゆ》でた蟹でもてなす。少しの気取りもなく蟹を手づかみで食べるこの男に、志乃は思いもかけない優しさを見る。それは「五年の梅」における弥生が、ようやく最後に添いとげることになる助之丞《すけのじょう》も同じ。

建て前ばかりが重んじられる侍の社会にあって、岡太も助之丞も「情」を大事にして生きている。そのために藩内での出世が遅れようが気にしない。こういう男たちの良さがわかるのは、二度の結婚で失敗した志乃や、目の見えない娘を抱えて苦労している弥生のような大人の女性たちに他ならない。そして、彼女たちは、乙川優三郎の傑作のひとつ「屋烏《おくう》」（『屋烏』）の、あの魅力的な大人の女性、揺枝に重《ゆえ》なっている。揺枝が思いを寄せる与四郎という侍もまた、武骨でいて心優しい男だった。

乙川優三郎は、花が好きな作家である。

その作品の随所に花があふれている。それも派手な花ではない。どちらかといえば目立たない、ひっそりとした花である。

「ゆすらうめ」（『椿山《つばきやま》』）の庭の隅のほうに咲く桜と、ちょっとした風にも揺れるゆすらうめ（山桜桃）、「屋烏」の、揺枝が山道で目にとめるふたつの山百合（揺枝は、はじめその山百合を取ろうとするが、ふたつあるものの一方を折るのが不意に哀れに思われ、伸ばした手を戻す）。

二〇〇二年出版された閨秀《けいしゅう》画家の物語『冬の標《しるべ》』にも花があふれていた。本書でも、花があちこちに咲いている。

「後瀬の花」では、最後に、男が街道の岩垣に白い花（卯の花）がひっそりと咲いているのを見て「おれたちも、あんなふうに生きればよかったのかも知れねえな」と呟く。「小田原鰹」

では、女房に逃げられた鹿蔵が、六十五歳になってはじめて、花（そてつ）を見たいと思う。

そして「五年の梅」の最後に弥生と助之丞が見る梅。乙川優三郎の世界は、控え目に隅のほうに咲いている花が、なんとか生き直そうとしている人間たちを静かに祝福している。ここにも乙川優三郎の優しさがある。

# 言葉が不意に襲ってきた——長谷川櫂『震災歌集　震災句集』

『震災歌集　震災句集』
青磁社、二〇一七年

3・11の惨劇を多くの人はテレビの報道で知り、そのすさまじい光景に圧倒された。そのために「言葉にならない」「言葉を失なった」「言語を絶する」と言うしかなかった。他方では「がんばろう」「絆」「家族」と言った言葉が飛び交い、それが、たちまち軽いものになっていった。

あの天災を言葉には出来ない。といって言葉にするとすぐに軽くなる。そんな言葉の危機的状態のなかにあっても人は、あの光景を見たときのやりきれない、どうしようもない、切羽詰った気持を言葉にしないではいられない。沈黙に打ちひしがれる一歩手前のぎりぎりのところで言葉に頼らざるを得ない。苦しみのなかから言葉を生み出す。

俳人の長谷川櫂は、3・11のその日から、自分の専門である俳句ではなく、短歌を作るようになった。いや「作る」とか「歌を詠む」といった行儀のいいことではない。「その夜からである。荒々しいリズムで短歌が次々に湧きあがってきたのは」。

まさに身体のなかから歌が湧き起ってきた。歌に不意撃ちをくらった。歌に襲われたといっていい。「荒々しい」という形容が、その突発の衝動をよくあらわしている。次々に歌が湧き出てくる。言葉が言葉を呼ぶ。ひとつ言葉が出ると、すぐにその言葉を追いかけるように、あるいは、打消すように次の言葉が生れてくる。その「荒々しい」さまは、東北の小さな町や村を襲った津波の猛々しさに拮抗する。早く言葉を見つけなければ波に持ってゆかれる。

**津波とは波かとばかり思ひしがさにあらず横ざまにたけりくるふ瀑布**

**夢ならず大き津波の襲ひきて泣き叫ぶもの波のまにまに**

いま見たことを即座に言葉にしている。言葉がほとばしる。その性急さ、必死さが読者の心をまっすぐにとらえる。読む者もまた、あの惨劇の現場に立ち会わされる。

長谷川櫂には、この時、おそらく「いい短歌を詠もう」とか「うまい歌を作ろう」という下心はない。そんなことは、偉い歌人にまかせておけばいい。いまはただ、煮えたぎるような切迫した気持を言葉にしたい。思いを、なんとか手持ちの言葉に託したい。その気持が読者に痛いほど伝わってくる。

**乳飲み子を抱きしめしまま溺れたる若き母をみつ昼のうつつに**

**かりそめに死者二万人などといふなかれ親あり子ありはらからあるを**

そんなことは無理と分かっていながら、死者の一人一人を思おうとする。彼らの恐怖、苦しみ、無念を我が身に重ねようとする。花鳥風月や人生の悲哀を詠む言葉ではもうどうしようもない。荒削りで、ごつごつして、血を吐くような言葉を求め続ける。もう自分の言葉など捨てようと、当事者の生まの言葉の助けを借りる。

**夥《おびただ》しき死者を焼くべき焼き場さへ流されてしまひぬといふ町長の嘆き**

「救助されたる漁師のいへる」と詞書があり「酒飲みて眠りてあした目が覚めて夢だつたかといへたらよきに」。

本当にあれがすべて夢だったら。漁師の言葉がそのまま歌になる。嘆きが、苦しみが、悲しみが歌になる。いや、歌になるのではない。悲劇に襲われた時、人の心そのものが言葉である、歌である。まさに「言葉とは心より萌ゆる木の葉にて人の心を正しく伝ふ」。

あれだけの惨劇を体験しても人の心はなんと柔らかく優しいことか。「避難所に久々にして足湯して『こんなときに笑っていいのかしら』」。あるいはこんな歌。「被災せし老婆の口をもれいづる『ご迷惑おかけして申しわけありません』」。

長谷川櫂は、素直に彼らの言葉を引用する。いや、彼らの言葉に耳を傾ける。心を震わせる。もっともつらい体験をした人たちが、もっとも優しい。そのことに、安全地帯にいて映像を通して津波の残酷を傍観するしかないわれわれの申訳ない気持も救われる。

## 襲いかかってくる言葉に身をまかせる

歌は、あの日あの時の記憶をとどめてくれる。長谷川櫂の心を突然襲った言葉を、作者自身は推敲などせずに、その時の気持のままに歌にしたに違いない。心の震え、高ぶりを、行儀のいい言葉の作法で抑えようとしない。そこにこそ、この震災詠のよさ、強さがある。

いや、惨劇があって歌が生まれるのではない。歌はあくまで惨劇の目撃者に過ぎない。大事なのは地震であり、津波であり、原発であり、そして何よりも死者なのだ。

画家のモネは、若い頃に妻を亡くした。妻の死顔をスケッチした。描いているうちに、うまく描こうとした。「妻の死を悲しむ夫」である筈の人間が、いつのまにか「いい絵を描こうとする画家」になっていた。そのことに気づいたモネは愕然とし、しばらく絵筆を措いた。

震災詠には、この矛盾がつきまとう。「大惨事のことをいい歌にする」。そのことのおかしさに気づかぬ人はいないだろう。

それに気づいたからこそ長谷川櫂は、性急に、息づかいも荒く、次々に襲ってくる言葉に身をまかせた。

## めぐり来る日常

いっときの熱意が沈まった時、長谷川櫂は再び俳句に戻った。短歌を作ってみて、俳句との違いが鮮明になった。「短歌は人の心の動きを言葉にして表現することができる。ことに嘆きや怒りといった激しい情動を言葉で表わすのに向いている」。

それに対し、「俳句は極端に短いために言葉で十分に描写したり感情を表現したりすることができない」。俳句では「間」が大事であり、それは余裕から生れる。

さらに俳句には季語があり、季語が俳句を「太陽の運行」に結びつけ、「宇宙のめぐり」のなかに位置づける。

短歌と俳句の違いが、簡潔明瞭に語られている。震災直後、長谷川櫂の身体のなかで歌が湧き起ってきたことは、ごく自然のことだったことが分かる。短歌は素直に「心の動き」そのものになった。

そして「大震災ののち十日あまりをすぎると、短歌は鳴りをひそめ、代わって俳句が生まれはじめた」という。

短歌が突然の非日常とすれば、俳句は悠久の日常と言えようか。

**春泥やここに町ありき家ありき**

**いくたびも揺るる大地に田植かな**

**みちのくのもうなき村の除夜の鐘**

**少しづつととのふ春のうれしさよ**

ゆっくりとだが、日常が戻って来ている。「ラーメン屋がラーメンを作るといふことの平安を思ふ大津波ののち」と歌で詠んだ静かな日常がまた始ろうとしている。

しかし、その日常は3・11以前とは違っていることは言うまでもない。何気なくて、それでいて、心が冷える句がある。

「恐ろしきものを見てゐる兎の目」。凄い句だと思う。

# 森鷗外『阿部一族・舞姫』

新潮文庫、二〇〇六年

明治天皇の死と、それに続く乃木大将夫妻の殉死は明治人、森鷗外に衝撃を与えた。若き日、ドイツに留学し西欧近代の知識を学んだ帰朝者、鷗外が武家社会の遺風に虚を突かれた。たじろいだ。

動揺収らぬままに、殉死する武士を描く「興津《おきつ》弥五右衛門の遺書」、次いで「阿部一族」「佐橋甚五郎」と史料に拠った歴史小説を書いた。近代文学のなかで歴史に材を取った小説はここに始まる。

失われたと思われていた武士の倫理が乃木の殉死によって、鷗外のなかによみがえった。主君のために死ぬことを厭わない。この精神の真髄を極めたい。津和野藩典医の子として生まれ育った鷗外のいわば武士の血が騒いだのだろう。

「阿部一族」は三代将軍、家光の時代の物語。熊本の細川藩の藩主、忠利が死去する。家臣が次々に腹を切ってあとを追う。ところが、当然、あとに続くと思われた側近の阿部弥一右衛門は生き残っている。生前、殿から殉死の許可が出なかったから仕方がない。

弥一右衛門は家中で忘恩の卑怯者と誹《そし》りを受ける。名誉を重んじる武士には耐えられない。ついに腹を切る。それでもいったん始まった批難はとまらない。

追いつめられた嗣子《しし》、権兵衛は忠利の一周忌の法要で、突然、思いあまって髻《もとどり》を切り位牌に供える。ただちに捕えられ縛首になる。武士が盗人のように縛首とは。それまで屈辱に耐えてきた阿部家の一統はついに怒りを抑えきれない。

屋敷にたてこもり討手にたちむかう。女や子供、老人を先に逝かせ、男たちが負けると分かっている戦いに挑む。

武士の意地である。屋敷内の戦いは悽愴苛烈。ギリシャ悲劇を思わせる死闘を鷗外は感情を排した、石のように堅固な文章で綴ってゆく。三島由紀夫は鷗外をその簡潔鮮明な文章ゆえに「言葉の芸術家」と評した。鷗外は武士を讃美しているのではない。武士道の不条理を近代人の目で批判しているのでもない。ただ宿命に耐え死にゆく男たちを直視する。

時代劇の傑作『切腹』『上意討ち――拝領妻始末』を作った小林正樹監督は本作を映画化したかったが、成らなかった。

## 古山高麗雄『湯タンポにビールを入れて』

講談社、一九七一年

戦争中、陸軍一等兵として南方戦線を転戦。敗戦後、サイゴンの刑務所に収容された。そうした苛酷な体験から生まれた『プレオー8《ユイット》の夜明け』(一九七〇年)で芥川賞を受賞した古山高麗雄は、地を這う蟻のような低い視点から戦争文学を多く書いたが、他方で、戦争に生き残った人間が、居心地の悪い戦後社会をなんとか生きてゆく飄逸な市井小説も書いた。本作はその代表作(一九七一年)。

四十八歳になる「私」は勤めていた出版社が倒産したあと、やっと新興宗教の機関誌の編集の仕事を得る。といっても安月給のしがない雇われの身。東京の駒込に妻と高校生の娘と暮している。

ある時、仕事で福島県の海沿いの町々へ旅に出る。九州から出て来て蘇鉄を売り歩く行商の若者を、ボロのバイクに乗って取材する。当時としては珍しいロードノヴェルになっている。

旅先は小さな町ばかり。それが戦中派の孤独な「私」には合っている。旅は、さすらいに似たものになってゆく。

旅をしながら、戦死した友人のこと、彼が同棲していた私娼（福島県の海沿いの村にある農家の娘だった）のこと、現在の心細い暮しのことを考える。

このところ体調が悪い。癌かもしれない。自分が死んだら妻と娘はどうやって暮してゆくのだろう。

古山高麗雄は決して大仰に自己を語らない。苦悩をひけらかさない。悲しみは死んだ戦友たちが持っていった。生き残った者は、ただ黙して悲しみに耐えるしかない。その諦念がユーモアを生む。

奇妙な表題は、失業中、テレビのアメリカのドラマを翻訳していた時、そう誤訳したことによる。苦い自嘲がある。

福島県の原町《はらのまち》、広野《ひろの》、四倉《よつくら》と海沿いに南下する。若者と別れ、一人旅になる。「ハワイアンセンター」で「ハワイアンダンス」を見る。最後、泊る宿がなくなり、仕方なく茨城県のモーテルに一人で泊る。うら寂しさが胸に沁みる。

この小説が好きで、以前、同じ道を辿ったことがある。古山高麗雄は九九年に夫人に先立たれ、そのあと二〇〇二年に自宅で「孤独死」した。

# 水上滝太郎『銀座復興　他三篇』

岩波文庫、二〇一二年

大正期の長編小説『大阪の宿』や随筆集『貝殻追放』で知られる水上滝太郎（一八八七—一九四〇年）は、大正十二年九月一日、鎌倉の別荘で関東大震災に遭遇した。本短篇集は、その体験から書かれた作品が中心になっている。

「九月一日」は文字通り、当日の恐怖と混乱が抑制された筆致で語られる。昼直前、子供たちがトランプで遊んでいる時に、激しい揺れが襲う。家は瞬時に倒壊し、逃げ遅れた幼ない子供たちが下敷きになってしまう。実際に現場にいた水上だけに、突然の地震の凄まじさを克明に描き出している。

揺れのあと津波が迫ってくる。家の外に出ることが出来た者たちは必死で裏山へ逃げる。長男の一郎はなんとか助かるが、少し落着いてから、自分が年少者たちを助けずに逃げてしまったことに気づき、申訳ない気持にとらわれる。

3・11の時にも、助かった者たちは自分だけがという生存罪責感に苦しんだというが、水上はその苦しみに目を向ける。

表題作「銀座復興」は、地震で破壊され、焼土となった銀座で残暑のなか、一軒だけ店を再開した飲み屋の物語。掘立小屋だが、そこには誇らし気にこう張り紙がある。「復興の魁《さきがけ》は料理にあり」。

この店がきっかけで銀座に活気が戻ってくる。災害からの復興に当って、いかに食が大事かが分かる。店のモデルはいまも銀座にある「はち巻岡田」。水上をはじめ、久保田万太郎、里見弴《とん》ら大正文士に愛された。

「遺産」は異色作。震災後、ある町で町内会の面々が安全のために交代で夜回りすることになる。ところが、職業柄嫌われている金貸しが、非協力的と言いがかりをつけられ袋叩きにあってしまう。

震災後の人心の荒廃、正義を振りかざす集団の非寛容な怖さをとらえている。

水上滝太郎は父親が興した生命保険会社の要職にあった。作家であると同時に良識ある企業人だった。

「果樹」はそんな水上らしい穏やかな名品。若くつましい夫婦の静逸な暮しを淡彩でとらえている。二人が仲良く、初茸《はつたけ》御飯と柿を食べる姿が微笑ましい。

## 邱永漢『香港・濁水渓』

中公文庫、一九八〇年

『食は広州に在り』をはじめとする食の随筆や数々の蓄財の指南書で知られる邱永漢《きゅうえいかん》は一九二四年、日本統治時代の台湾の台南に生まれた。秀才で東大に学んだ。しかし戦時中は祖国台湾と統治国日本とに引き裂かれ、戦後は、新しく支配者となった蔣介石率いる国民党に抵抗した。そのために官憲に追われ、香港への亡命を余儀なくされた。

戦前の日本と戦後の国民党。二重の苦難を負った。この二作は、邱永漢の、苦の多い若き日の彷徨を描いた青春小説であり、一人の青年から見た台湾の現代史でもある。「濁水渓《だくすいけい》」は、ほぼ邱永漢の自伝といっていい。台中に生まれ育った若者が成長すると共に、被支配国の悲しみを知るようになる。日本人による差別に耐える。

東大生時代には反日的だと日本の官憲に逮捕される。釈放されるが今度は強制志願による徴兵が待っている。兵隊になったら中国人に銃を向けなければならない。そんなことは出来ない。

命がけで逃げる。幸い、捕えられずに終戦を迎える。祖国に戻る。しかし、新しい独立国家の夢はすぐに壊れる。大陸からやってきた国民党による苛酷な弾圧が始まる。侯孝賢《ホウシャオシエン》監督の『悲情城市』（一九八九年）で日本でも広く知られる二・二八事件（国民党による武力弾圧、粛清）が刻明に描かれる。絶望した若者は香港へと逃げる。

「私は、私の青春が空しい敗北また敗北の連続のような気がした」

一方、「彼は追われていた」で始まる「香港」は、国民党から逃がれて香港に亡命した若者が、最底辺の生活をしながら生き延びる物語。直木賞受賞作。「濁水渓」に比べフィクションの要素が濃い。

金のない若者は、香港のスラムで水運びや、屋台ののしいか売り、伊勢えび取りなどをしながら生き延びてゆく。ディケンズの成長小説のような面白さがある。

台湾を追われ香港に来て日本との密輸で大儲けした男や一攫千金を夢見る老人たちがあやしい魅力を放つ。

濁水渓は台湾の川。いつも濁っている。台湾の厳しい歴史のように。

# 梶山季之『族譜・李朝残影』

岩波現代文庫、二〇〇七年

『黒の試走車』など産業スパイ小説で昭和三十年代に人気作家となった梶山季之は昭和五年、日本の植民地統治下にあった朝鮮の京城（現在のソウル）で生まれている。いわゆる植民地二世。それだけに朝鮮に深い罪障感を持っている。

初期の作品「族譜」は、昭和十四年に実施された創氏改名を日本の良心的な青年の目から描いた秀作。

創氏改名とは、朝鮮姓を強制的に日本姓に改めさせた皇民化政策。従わない者は過酷に罰せられた。

主人公の「僕」は美術学校を出た画家の卵。京城の役所で働いている。創氏改名の仕事を与えられる。自分でも次第に、この植民地政策に疑問を持ってきているので仕事はつらいものになる。

薛鎮英《へいちんえい》という地方の大地主がどうしても創氏改名に応じない。「僕」が説得にゆく。薛の一族は、七百年に及ぶ旧家。薛は族譜という家系図を大事にしている。日本名に改めるのは先祖に申訳が立たないと拒絶する。「僕」は威圧的な上司と、抵抗する辞とのあいだで苦しむ。

梶山季之自身の体験ではないが、植民地二世として、支配を受けた朝鮮人への罪責感を拭えないのだろう。

改名に応じない辞だが、最後、ついに権力に屈し、自死してしまう。「僕」は絶望と無力感にとらわれる。誠実であろうとする青年ほど心の痛手は深い。

一九七八年に韓国で映画化（林権沢監督）、日本未公開だったが八三年にＮＨＫテレビで放映された。

「李朝残影」も日本統治下の朝鮮が舞台。野口という京城に住む若い画家は失われゆく朝鮮の文化、風俗に愛着を感じ、それを絵にしている。

昭和十五年の夏、金英順という妓生《キーサン》に会う。日本でいう芸者。誇り高い女性で消えゆく伝統的な宮廷舞踊を守ろうとしている。野口はその美しい舞い姿を絵にしたいと思う。しかし、彼の父親が以前、朝鮮人を弾圧した軍人だと知ると彼女は野口に怒りをぶつける。

この作品でも日本の統治に疑問を持つ青年が罪の意識に苦しむことになる。植民地二世の梶山の思いが伝わる。

# 第2章

# 女たちの肖像

## 荷風の描いた、快楽を肯定するひかげの女たち

『つゆのあとさき』
岩波文庫、一九八七年
ほか

荷風は生涯、女性を主人公とする小説を描き続けた。女性を愛すればこそである。女性の肉体だけではない。その生そのものに深い関心を持った。どんな服を着ているのか、どんな男性遍歴があるのか、どんな暮しをしているのか。女性の辿ってきた暮しのすべてをとらえようとした。決して情を交わすことにのみ意を向けた好色作家ではない。女性がいまここに生きていること。そのことを愛さずにはいられなかった。

日本映画の黄金時代には女性を主人公にする映画を好んで作った監督がいる。成瀬巳喜男、木下惠介、溝口健二、五所平之助、あるいは小津安二郎ら。彼らは女性映画の監督と呼ばれたが、永井荷風も彼らと同じになる。男性中心の社会のなかで流されるように生きている、立場の弱い女性たちに寄り添おうとした。繰返すが、決してただの好色作家ではない。

荷風が描く女性は、大半が玄人《くろうと》である。芸者から私娼まで。世の通常の主婦や現代社会でいうキャリアウーマンはまず登場しない。初期に若い教師を主人公にした『地獄の花』（明治三十五年）があるくらい。

その玄人の女性も、芸者から次第にカフェの女給、私娼へと関心が変わってゆく。関東大震災は世の中を大きく変えた。そのひとつが、玄人の女性たちの世界に起きた。芸者という修業の必要な、いわば職人的な女性が減って、かわって、カフェの女給や私娼といった特別の芸を持たなくてもすむ女性たちが登場してきた。玄人の素人化、大衆化である。

林芙美子は若き日、震災後の東京でさまざまな職業を転々としてゆき、最後にカフェの女給になった。自伝的小説『放浪記』に「わたし」が女給になるくだりがある。女給募集の張り紙を見て、店に飛び込み、採用されると、その日からでも働く。芸者のように芸の修業などいらない。素人がすぐに玄人になる。

銀座のカフェの女給を主人公にした荷風の「つゆのあとさき」（昭和六年）には、九段坂上の富士見町にある待合で、芸者が客にこんなことを嘆いている。「この頃は芸者が女給になつたり、女給さんが芸者になつたり、全く区別がつきませんからね」。

震災の破壊、混乱のあと、世のさまざまなところで格式や秩序が崩れていっている。銀座の老舗の天ぷら屋、天金の子として知られる国文学者の池田弥三郎は回想記『わが町 銀座』（サンケイ出版、昭和五十三年）のなかで、震災後、銀座の商売の仕方が変わった、万事、簡略化されたと書いている。土足のまま入れる食堂ができた。簡単に食べられる天丼が登場した。元治元年生まれの祖母は、客が外套も脱がず、帽子をかぶったままで、椅子に掛けて天丼を食べる姿を見て、「いやんなっちまうね」と舌打ちしたという。

震災後、万事が手っ取り早く、簡略されていった。私娼が増えるのも、こうした震災後の秩序が崩れていった時代を背景にしている。

## 「見る人」に徹した荷風

私娼は公娼に対する。公娼が権力によって認められ、廓と呼ばれる特定の場所に囲いこまれるのに対し（いわゆる集娼）、私娼はそうした制約がない。廓の外にいる（散娼）。自由であるぶん、違法行為だから警察に見つかれば逮捕される。荷風の私娼を主人公にしたふたつの小説「かし間の女」（昭和二年）と「ひかげの花」（昭和九年）では、警察に検挙される私娼が登場している。といっても、決して重罪扱いではなく、何日か勾留されたあとに釈放される。ただ、新聞に顔写真と名前が載ったりして世間が狭くなってしまう。

「腕くらべ」（大正五年）や「おかめ笹」（大正七年）のような芸者を主人公にした花柳小説を書いてきた荷風は、次第に私娼に関心を持つようになる。私娼の存在は、都市社会化と関わりを持つ。第一次世界大戦後、東京は工業都市へと発展し、地方から働き手が集まってきて人口が急増した。大正九年（一九二〇）に日本で最初の国勢調査が行われるが、このときの東京市の人口は二百十七万人。関東大震災時に一時減るが、帝都復興後の昭和七年（一九三二）には、五百七十万人と十年間に倍以上になっている。

都市社会は当然、闇を生む。表通りのうしろに裏通りが作られる。そこに私娼が登場する余地ができる。荷風は都市のなかの陋巷《ろうこう》を歩くことを愛したように、周縁世界に身をひそめるように生きている私娼に関心を持った。

『断腸亭日乗』を参照すると、震災直前の大正十二年六月十八日には、偏奇館近くの窪地にある家が「囲者素人の女を世話する」と聞き、訪ねてゆく。そこに呼ばれてきた若い女性と遊ぶ。震災後の大正十四年十月十二日には、赤坂新町の路地に住む私娼（野中直）に興味を覚え、囲い者にする。大正十四年暮より翌年の七月までは、江戸見坂に大竹とみ（「お富」）を囲い置く。

こうした私娼との関わりから、荷風は昭和二年（一九二七）に「かし間の女」を『中央公論』に発表した。私娼を主人公にした最初の小説になる。荷風は、私娼と付き合うに当って、もちろん男としての欲望はあったろうが、それ以上に私娼を「取材」した。小説の「材料」にしたかった。決して女に溺れることはなかった。「見る人」に徹している。おそらく、囲った私娼たちから、身の上話を詳細に聞き出しただろう。色事を小説のネタにするとはけしからんと言われても仕方がないが、小説家にそれを言うのは野暮というもの。

荷風は「かし間の女」の主人公、菊子という私娼の暮しぶりを細かく書き、男性遍歴を繰返しながらも、震災後の混乱期をまさに身体を張って生きている女性として肯定している。

菊子は東京生まれ。父親は芝兼房町あたりで西洋家具を作っていた。一時は十二、三人も職人も使っていた。しかし、株に手を出して失敗し、零落した。娘の菊子はいったん結婚したが、その家の書生と関係し、離縁された。

ひとり身となってから、身を売るようになった。さしたる学歴もなく、手に技術もない女性なので他に生きる方法がない。小日向水道町にある「私娼の取持」をする家に通うようになる。そこで永島という「広告取扱店」に勤める五十歳を過ぎた男の囲い者になる。

荷風は彼女の房事はほとんど書き込まない。それよりも、菊子がどういう生き方をしてきたか、いまどういう男と付合い、いくら日々のものをもらい、どこに住んでいるか、という暮しの細部を書いてゆく。その点では、自然主義リアリズムといっていい。

菊子は男出入りの激しい女性である。美しいから、男のほうから寄ってくる。

菊子は震災のさなか、慶應大学の学生に助けられ、二人して多摩川のほうへ逃げ、しばらくをそこで過した。この学生とはダンス場で知り合い、旦那の永島の目を盗んで会っていた。

世間一般では不実とされることも菊子は意に介さない。既成のモラルにとらわれない。その意味で「新しい女」である。十五歳のときに、近所の歯医者と戯れてから二十七歳になる現在まで「ほんの一夜ぎりで別れた男を数へたら、何人あるか自分でもわからない位である」。

荷風は、この私娼の日常を丁寧に描いてゆくことによって、客観的な立場にあるとはいえ、明らかに菊子を肯定している。菊子が検挙されたことを報じる新聞記事を見て、永島は同業者たちとこんな会話を交わす。

「芸者も私娼と変つた事はありアしない。警察はどういうわけで、芸者の方は寛大にして私娼ばかり取締らうとするんだらう。公娼がだん〳〵廃《すた》つて芸者が流行《はや》り、芸者が下火になつて私娼が流行り出すのは時代の趨勢で仕方がない」

「僕は別に私娼の肩を持つわけぢゃないが、現代の世相を観るに風教に害をなすものは私娼よりも寧《むし》ろ他の方面に多いのだ。私娼の害なんぞは実際言ふに足らむよ」

私娼は必要悪だと言っているわけではないだろう。荷風はもう一歩踏込んで、菊子のような美しく魅力的な女性が、多くの男と遊んでどこが悪いのだと言おうとしている。女性の性の快楽を肯定しようとする。

## モダン東京で性の欲望を肯定する

その思いがより強く出た作品が、もうひとつの私娼を主人公にした「ひかげの花」。昭和九年（一九三四）に『中央公論』に発表されている。お千代という三十六歳になる私娼と、彼女と同居する重吉という連れ合いを主人公にしている。重吉は平たく言えば、お千代の「ヒモ」だが、決して女を食い物にするような悪い男ではない。むしろ逆で、お千代に優しく、献身的に尽そうとしている。妙な言い方になるが二人の「夫婦愛」の物語だと評してもいいほど。

ここでも荷風はお千代の房事には触れず、二人の日常の暮しを淡々と描き出してゆく。

虎ノ門に近い芝桜川町の硝子屋の二階に部屋を借りている二人が、アルミの小鍋で牛乳をわかし簡単な朝食をとったり、重吉が生活費を下ろすために郵便局に出かけたりする、ごく普通の日常が綴られてゆく。そこだけ見ると、まるで昭和初期の成瀬巳喜男や小津安二郎の小市民映画のように見える。荷風は、私娼とその連れ合いを特殊な人間としてではなく、ごく普通の市井人として見ている。そこに荷風の彼らへの静かな愛情が感じ取れる。

お千代は、東京の東、中川べりの船堀の船宿の娘。一度、雑貨商と結婚したが離婚。その後、派出婦などしているうちに、私娼の生活に入り、馴れてしまった。小学校しか出ていないので他にいい仕事もなかった。自分が「堕落」したと思っているが、いつしかもう恥とは思わなくなっている。

何度も書くが、震災後、それまでの常識や規範が大きく崩れていった。とくに性風俗が乱れた。短篇「ちゞらし髪」（大正十四年）には、仲田という勤め人が、女学生の娘が夏に房総で友人と水着姿で撮った写真を見て、娘たちの大胆な姿に驚くくだりがある。

「仲田は手にとって、つくづくこれ（写真）を眺めた時、若い娘の思想と生活とはわづか最近十年の間に全く一変してしまつたことを今更の如く知つたやうな気がした。何故といふに、斯くの如く若い女が海水着をきて腿や乳のあたりの肉付をこれ見よがしに、わざと妖艶な姿態をつくつて、之を写真に撮影させたものは、日本では芸者の絵葉書より外には決して見なかつた故である」

女性の性に対する考えが明らかに変わってきている。性が、欲望が肯定されてきている。

「ひかげの花」のお千代が、長いこと私娼を続けていられるのも、美しい女性として性の快楽を知っているからだろう。お千代は昔から男に「ちやほや」された。そのことを喜んだ。「自分は男に好かれる何物かを持つてゐるが為めだと考へてゐた。この何物かは年と共に接触する男の数が多くなるに従つて、だん〳〵はつきりと意識せられ、内心ます〳〵得意を感じる」。

お千代は、廓に囲われて男社会にしいたげられている遊里の娼妓とはまったく違う。欲望をまっすぐに肯定している。実際、「ひかげの花」のモデルになった黒沢きみという私娼は、『日乗』昭和九年二月二十七日によれば、「実はこの一二年商売が面白くてたまらぬなり」と言う。「哀れな娼婦」とは違う。公娼という籠の鳥になることなく、いわば自前で商売できる自由があるのも、彼女のような私娼には利点かもしれない。同じ私娼といっても『濹東綺譚』（昭和十二年）の玉の井の私娼お雪が、抱え主の下で働き（おそらく前借金もあるだろう）、窮屈なあわれな女に見えるのに対して、菊子には対照的な自前の強さがある。

「ひかげの花」には、さらに驚くべき後段が用意されている。ある日、お千代は新聞で警察に挙げられた同業者の記事を見る。そのなかに「深澤とみ（十九）」とある。お千代は若い頃に子どもを産んだ。育てられず人手に渡した。その後、会っていない。「深澤とみ」とは、わが子ではないか。

そして母娘は再会する。ともに相手が私娼と知って。むしろお互いに私娼だったことが二人を結びつける。ここでも荷風は、明らかに彼女たちを肯定している。

## アウトサイダーだからこそ

この荷風の姿勢は昭和六年（一九三一）に『中央公論』に発表された「つゆのあとさき」の君江を描くときにもあらわれている。

君江は私娼ではなく、銀座のカフェで働く女給。林芙美子が若き日、カフェの女給になったのを見てもわかるように、震災後、女給は急激に増えた。それまでの芸者にかわって遊興の場の華になった。

君江は二十歳になる。埼玉県の菓子屋の娘。東京に出て来て、はじめ保険会社の事務員になったが、その後、自然に男たちに身をまかせるようになり、いま銀座のカフェで働いている。流行作家をパトロンにしているが、言い寄る男たちを拒まない。「十七の秋家《とき》を出て東京に来てから、この四年間に肌をふれた男の数は何人だか知れない程である」。

といっても君江は決して淫蕩な悪女ではない。金銭欲もないし打算もない。虚栄心もない。ただ蝶のように男から男へと軽やかに生きている。男たちにもてあそばれる哀れな女ではないし、不幸に耐える女でもない。おおらかに性の快楽を楽しむ。

荷風の描く女性というと『濹東綺譚』のお雪があまりに素晴らしいので、全体につい、けなげなはかない女を想像してしまうが、一方で荷風は、「かし間の女」の菊子、「ひかげの花」のお千代、「つゆのあとさき」の君江のような、性の欲望に忠実な新しい友たちを描いてきたことを忘れてはならない。

彼女たちはさらに、「踊子」（戦時中に書かれたが発表は昭和二十一年）の姉妹のうちの奔放な妹、千代美に、「問わずがたり」（同じく発表は昭和二十一年）の小悪魔的な雪江に、そして戦後の作品「裸体」（昭和二十五年）の、新宿の雑踏で自分のほうから見知らぬ男に声を掛ける左喜子につながってゆく。

私娼やカフェの女給といった社会のアウトサイダーだからこそ、常識や規範にとらわれずに性の喜びにひたることができ、そのことに悪びれない。荷風は彼女たちに「新しさ」を見ようとしている。

## 芸者だった母への深い想い——野口冨士男『風の系譜』

『風の系譜』
講談社文芸文庫、二〇一六年

現在では花柳小説はもう姿を消しつつある。花柳界、そこに生きる芸者そのものが数少なくなっているのだから仕方がない。

しかし、近代文学の歴史のなかでかつて花柳小説は重要な位置を占めていた。泉鏡花、永井荷風、徳田秋声ら多くの作家が、花柳界を舞台に、あるいは芸者を主人公に名作を残している。丸谷才一は評論「花柳小説論ノート」（一九七二年）のなかで、日本の文学史を考える時、花柳小説を忘れてはならないと書き、そのあと自ら『花柳小説名作選』（集英社文庫、日本ペンクラブ編、一九八〇年）を選んだ。

この名作選の巻末で丸谷才一は、野口冨士男を迎え、対談をしている。そこで、野口冨士男を「昭和にはいってから、新花柳小説ではない、本式の花柳小説をお書きになった珍しい作家の一人」と評価している。「新花柳小説」とは、カフェの女給やバーのホステスを描く小説のことで、それに対し、「本式の花柳小説」とは、昔からの花柳界や芸者を描く本来の花柳小説をさしている。

野口冨士男は明治四十四年（一九一一）に東京で生まれた。母親は芸者をしていた。その出自のため、野口冨士男には、世間から見れば特殊な世界である花柳界が、身近なものに感じられた。「本式の花柳小説をお書きになった珍しい作家の一人」になるのは自然なことだった。『風の系譜』は、昭和十五年（一九四〇）に、先輩作家の岡田三郎が編集長をつとめていた雑誌『文学者』に掲載され、同年、自身編集に関わっていた青木書店から単行本が出版された。文壇デビュー作である。

芸者をしていた母親をモデルに、明治三十年頃の少女時代から、二人の子供をなし、やがて娘のほうもまた芸者になってゆくまでを描いている。関東大震災の直前で終わる。震災後のモダン都市東京では芸者にかわって新しくカフェの女給が登場することを思えば、失なわれてゆくかつての花柳界への挽歌になっていることが分かる。

丸谷才一との対談のなかで、野口冨士男は花流小説には、「遊びの面を書くのと、花柳界の人間の生活者としての面を書くのと、二種類ある」と語っているが、『風の系譜』は後者のほう。幸田文の東京の芸者を描いた『流れる』（一九五六年）が、芸者の仕事であるお座敷をほとんど描かず、芸者置屋の内証にだけ目を向けたのと似ている。花柳界、芸者を身近に見て育ってきた野口冨士男だからこそ、生活者としての芸者を描きたかったに違いない。

母親のことを書く。下手をすれば、思い入れの強い感傷過多の小説になってしまうが、『風の系譜』は、二十代で書かれたとは思えないほどみごとに筆が抑制されている。母親がモデルであるだけではなく、父親や姉、さらには少年時代の自身も書かれているのだが、登場人物の誰に対しても距離を取り、冷静に観察している。私小説というよりも、客観小説の面がある。

野口冨士男は、徳田秋声を尊敬し、後年は、浩瀚《こうかん》精緻な『徳田秋聲傳』（一九六五年）を書上げるが、秋声文学の基本は、厳正なリアリズムにある。人間の心理だけではなく、生活する環境を精密に書き込んでゆく。そのために安易な感情の吐露が抑えられる。

『風の系譜』は明らかに徳田秋声の影響下にある。その透徹した客観描写は、母親を書く際にありがちな甘たるい感傷を遠ざけている。モデル小説と簡単にくくれない広がりを持っている。読者は、明治大正をまさに身体を張って生きてきた一人の女性の力強い姿に圧倒される。

主人公の多代は、母親トメが二度目の結婚をした相手、神戸の裏店《うらだな》に住む錺《かざり》職人とのあいだに生まれた。真面目な職人だったが肺を病んで早死した。

母親はそのあと東京に出て、神田の「牛屋」で女中奉公をした。明治二十九年、多代が六歳の時。「牛屋」というのが、文明開化の世ならでは。トメは、人の紹介で九段坂上の富士見町で「車宿」を開いている小室寅造と、多代を連れて再婚する。「車宿」も「牛屋」と同じように文明開化と共に登場した。樋口一葉の「十三夜」をはじめ明治の小説にはよく描かれる。

しかし、その「車宿」もやがて路面電車があらわれるとすたれてゆく。明治の世は変化が激しい。寅造とトメは、「車宿」を廃業し、富士見町が花街《かがい》となってゆく時代だったので時代に合わせ、待合を開くことになる。

俗に花街を三業地という。料理屋、芸者置屋、待合の三業をいう。待合は、客と芸者が遊ぶところ。三業のなかではいちばん力を持った。従って、寅造とトメは、富士見町では成功したといえる。

富士見町は、九段坂を上がった右手。靖国神社に近接する。明治二十年頃から花街が作られていった。永井荷風の大正期の作品「おかめ笹」は、富士見町の花街を舞台のひとつにしている。界隈は「殆ど門並《かどなみ》芸者家と小待合ばかり」とある。

とはいえ、富士見町の花街は、二橋《にきょう》と言われた柳橋、新橋に比べるとはるかに格は下。野口富士男は「その当時の富士見町は、三流にすら届かぬ土地であった」と書いている。新興の花街だったからこそ、それまで花柳界とは縁のなかった寅造とトメは待合を開くことが出来たのだろう。

## 都市と生活者としての芸者を描く

野口富士男は、後年、東京の町をよく歩いた永井荷風を論じた『わが荷風』（一九七五年）や、自分が暮してきた東京の町々を回想した『私のなかの東京』（一九七八年）を書いたように、東京の地誌に深い関心を持った。

小説の主人公が生きる東京の町を正確詳細に書き込んでいった。人間を町のなかに置いた。その結果、リアリズムの小説にありがちな人間関係の濃密さから来る息苦しさがない。風景小説の広がりがある。

多代は、両親が富士見町で待合を開いたことから、自分も早くから芸者になろうとする。そして、多代の変転が始まってゆくのだが、野口冨士男は、そのつど、多代が住む町を丁寧に書いてゆく。

多代が、芸者として知り合い、結婚する佐海新助と暮すことになるのは市ヶ谷の高台。「背後には若宮町から砂土原町《さどはらちょう》あたりの濃い緑の木立をひかえて」とあることから、当時（明治の終り）のこのあたりはまだ郊外の名残りがあったことが分かる。ちなみに永井荷風は「つゆのあとさき」の主人公、銀座のカフェの女給、君江を砂土原町にほぼ隣接する市谷本村町《ほんむらちょう》に住まわせている。荷風の東京と、野口冨士男の東京は重なり合うところが多い。

多代は新助と結婚したものの暮しが立ちゆかなくなり、再び芸者になる決意をする。両親が住む同じ富士見町で待合を開く。

さらにそのあと変転があって、次に多代は津《つ》の守《かみ》（四谷荒木町）で芸者家を始める。それがうまくゆかなくなると埼玉の田舎町へ流れる。そしてまた東京に戻ると、津の守で再び芸者家を始める。この津の守という新しい花街についても野口冨士男は、多代に「ましてあたしは津の守なんていう、東京の人にさえ碌すっぽ知られていないような場末の芸者なんです」と言わせることで、どういう町だったかを読者に伝えている。

町を丹念に描く。その意味で『風の系譜』は都市小説の趣きもあり、後年、東京を舞台にさまざまの作品を書く野口冨士男は、第一作ですでに真骨頂を見せていたことになる。

芸者は華やかである。明治時代、ブロマイドが売られるほどの人気があった。今風に言えばアイドルだった。

だから多代は、まだ少女の年齢で芸者になろうとする。「あたいだって芸者になれるんだ、芸者になれば、お父ッつぁんやおっ母さんに遠慮気兼ねをすることはない」。どうせ待合の子供。堅気《かたぎ》と結婚することが出来ても「せいぜい餅菓子屋か畳屋の女房ぐらいが落《おち》だろう」。

遊女（娼妓）と芸者は違う。身体を売る遊女に対して、芸者は芸を売る。「遊女に身を落すと聞かされればオゾ気を振う娘たちも、芸者ならばと気をゆるす」「多代もまた芸者になることを、さほど悲しいとは考えていなかったのである」。

とはいえ、芸を売るとはあくまでも建て前。男と女が遊ぶことになれば、当然、そこに性がからむ。きれいごとではすまない。「不見転《みずてん》」という、身体を売る芸者をさす言葉もある。実際、のちに多代が新助に、客と座敷に泊ってきたことを責められた時、多代は居直ったように言い切る。「なるほどあたしは不見転です」「お綺麗ごとですませられるはずはないじゃありませんか」。

芸者の世界の裏も表も知り尽した多代の、みごとな啖呵と言えよう。

芸者として働き、二人の子供を生み、育ててゆく多代は強い女である。それに対し、夫の新助は甲斐性のない、情けない男にしか見えない。強い女と弱い男の組合せは、織田作之助の『夫婦善哉』（一九四〇年）にその典型が見られるが、あの小説の柳吉にはまだ可愛気があった。それに対し、新助は落ち目になると、妻に手を出したりする困った男である。さまざまな仕事に手を出すが、どれも長続きしない。

野口冨士男の実際の父親も、そうだったようで、昭和二十八年に、事業の失敗から入水自殺している。父の死を描いた「耳のなかの風の声」（一九五四年）で、野口冨士男は「父はけっきょく芽の出ぬ男であった。陋巷の裏通りから裏通りを歩きつづけて、最後まで表通りに出ることのできなかった、無名の一市井人でしかなかった」と突き放すように書いている。

自伝的小説『かくてありけり』（講談社、一九七八年）によれば、『風の系譜』が出版された時、それを読んだ父親は自分が悪く書かれているので、母親のところへ怒鳴り込んできたという。どこか悲しい。

それに対し、母親はしっかりしている。芸者が一見、華やかに見えながら、世間からは蔑視されていることも充分に知っている。冨士男を私立の学校に行かせるが、母親が芸者であることは秘密にする。『かくてありけり』には、「この家の番地と、この家の商売は、どんなことがあっても誰にも言うんじゃないのよ」と「私」に言い聞かせていたとある（『風の系譜』に「SH学院の付属小学校」とあるのは、実際は、慶応義塾幼稚舎。また、母親の芸者置屋は神楽坂にあった）。

野口冨士男は芸者として生き抜いた母親を敬愛している。芸者を一人の生活者としてとらえている。今風に言えば、シングルマザーであり、キャリアウーマンだろう。

「彼女は花柳界に育った。花柳界に生きてきた女である」「その彼女に、良人とわかれて、どんな道があったというのであろうか」「生きるために、子供を育てるために、彼女は二度、三度、芸者になった。彼女にはこうすることが正当であった。こうするよりほかに方法はなかったのである」

終始、抑制された文章も、ここでは明らかに心が高ぶっている。当然のことだろう。『風の系譜』はリアリズムに徹した花柳小説、客観小説ではあるが、同時に、母親への深い愛情にあふれた私小説にもなっている。

## ひそやかな小宇宙——尾崎真理子『ひみつの王国——評伝　石井桃子』

『ひみつの王国』
新潮文庫、二〇一八年

石井桃子についてのはじめての、そして、最良の本格的評伝である。二〇〇時間に及ぶインタビューと厖大《ぼうだい》な資料、綿密な取材によって丁寧に書かれている。何よりも、まだ女性が社会に出てゆきにくかった時代に、働く女性としてみごとに生きた石井桃子への敬意がある。自立した女性の大先輩への深い尊敬の念がある。それが本書を清々《すがすが》しいものにしている。

一九五九年生まれの著者は、幼ない頃から石井桃子の訳した児童書に接していたという。物語の楽しさだけではなく、言葉の面白さを子供ながらに知った。著者にとって石井桃子は「幼稚園に入る以前から日本語の基礎を授けてくれた、最初の先生だ」という。

石井桃子が訳したA・A・ミルンの『クマのプーさん』に出てくるプーが即興で作る「元気にひとにきかす歌」の「雪やこんこん　ポコポン　あられやこんこん　ポコポン」などが幼ない著者の心に刻まれた。「私たちの日本語のリズム、情感、表現力に、石井桃子が与えた影響ははかりしれない」。

石井桃子を論じるに当って、子供向きの本を書いた人ではなく、日本語の豊かさを教えてくれた人ととらえているのが何よりも、新鮮で、本書を深いものにしている。「彼女が送り出した作品によって、日本の子どもの本はいつしか教訓から自由になり、まぎれもない文学の域に達した」。石井桃子によって、それまでの世代とは違った自由な言語感覚を養われた著者のような昭和三十年代生まれには、際立って物書きが多いという指摘には納得出来る。

## 女性が社会で活躍する時代

さまざまな文章論があるが、文章とは結局その書き手が生きてきた生の総体から生まれるのではないか。

石井桃子は明治四十年（一九〇七）、埼玉県の浦和に銀行員の子として生まれた。石井家はもともと中仙道に沿った裕福な金物店だった、大正時代にアメリカのシンガーミシンが売り出されると、まだ高価だった新製品を父親は早速、購入している。石井家は石井桃子の言葉を借りれば「田舎の中流」だった。のちに書かれる代表作『ノンちゃん雲に乗る』の、東京郊外に住むノンちゃんの家庭には、自分が育った石井家の家庭が反映されていよう。

県立浦和高等女学校を卒業し、大正十三年（一九二四）、日本女子大学校英文学部に入学。経済的にも知的環境にも恵れている。また十代の成長期は、大正デモクラシーの時代と重なっている。時代の自由な空気が与えた影響も大きいだろう。

大学を卒業して、昭和五年（一九三〇）には菊池寛の主宰する出版社文藝春秋社に入社。編集者として活字の世界に関わってゆく。昭和初期、ちょうど東京が関東大震災のあとモダン都市として発展していった頃。女性の社会進出が大きく進んだ時代である。ちなみに昭和五年といえば、それまでまったく無名だった林芙美子の小説『放浪記』がベストセラーになった年。女性の社会進出を象徴している。文藝春秋社に入社し、社会人となった石井桃子も、この時代の新しい流れのなかにいる。

その文藝春秋社時代を描く第二章は、本書の圧巻のひとつで、著者は実によく当時の編集部の雰囲気を調べ、石井桃子と働くことになった編集者一人一人の来歴を詳述している。ノンフィクションのなかには、安易に登場人物の会話を小説風にして書いていて（いわば「見てきたような嘘」）鼻白むことが多いが、著者はそれをしない。資料の引用から会話を引き出している。丁寧で誠実な仕事のあらわれである。

石井桃子が関わった作家たちも登場する。菊池寛をはじめ、山本有三、藤田圭雄《たまお》、吉野源三郎ら。のちに『ドリトル先生』を訳す井伏鱒二とは若い頃から親しく、井伏を通じ、太宰治とも知り合った。井伏は石井桃子に「太宰君、あなたがすきでしたね」と語ったという。その太宰に対する石井桃子の評が笑わせる。著者のインタビューに答え、「だって、太宰さんの訛《なま》りはひどくて、何を言ってらっしゃるのか、よくわからなかったから。あれじゃあ、愛は語れないわね」。まさに著者が書くように「容赦ない」。昭和のはじめ、女性編集者は華やかな職業だったろう。実際、同僚のなかには派手なモダンガールもいた。しかし、石井桃子は決して、はしゃぐことなく、常に勤勉。男女関係にも潔癖で、社内では「ピューリタン」と言われたという。これは石井桃子という一人の女性を理解する上で重要な鍵となる言葉だろう。

## もう一人の自分

文藝春秋社時代に、石井桃子は重要な女性と知り合う。小里文子《おりふみこ》。先輩になる。やはり日本女子大を出ている。信州の富裕な家の娘。大変な美人で、作家たちのあいだでも騒がれた。「ピューリタン」の石井桃子とは正反対。「イット（性的魅力がある）の文子」といわれた。対照的な二人が親しくなったことに周囲は驚いた。

青春とは友情の季節という。石井桃子は、男社会のなかでさっそうと生きる小里文子に憧れただろうし、何よりも、文学で身を立てようと、一人暮しをしている生き方に共感した。しかし、文子は結核のために若くして死んでしまう。それだけに石井桃子のなかで大事な青春の証しになっただろう。

一九九四年に、石井桃子は自らの青春時代を振返った長編小説『幻の朱《あか》い実』（岩波書店）を出版した。これは読書界の大きな話題になった。児童文学者が、はじめて本格的な大人向けの小説を書き、その内容が素晴しかったから。昭和の青春の輝きと陰りが、やがて九十歳になろうとする人とは思えない、若々しい文章で描かれている。文学界で高く評価され、読売文学賞を受賞した。

著者もこの「馥郁《ふくいく》たる大輪の花のような小説」を読み、感動し、すぐさまインタビューを申し込み、会うことが出来た。本書のきっかけは、この小説にある。

『幻の朱い実』は、石井桃子と小里文子の友情の物語と言っていいだろう。あるいは、小里文子は、石井桃子にとって、ああいう生き方もありえたかもしれないという、もう一人の自分だったかもしれない。二人のあいだには、女性だけにしか分からない、二人だけにしか分からないひそやかな小宇宙があった。本書の書名『ひみつの王国』とは、それをさしているとも考えられる。

九十歳になろうとする人間が、十年もの歳月をかけて何十年も前の昭和の青春を書く。それも、細部にわたって充実した。石井桃子にとって、小里文子と過ごした時間が、いかに大事だったかが分かる。著者は、二人の「ひみつの花園」に慎重に、時に大胆に入ろうとする。この章を書いている時、おそらく著者は、もっとも心たかぶらせただろう。

## 触れられたくない過去

昭和の青春は決して輝いていたばかりではない。左翼運動の昂揚とそれに対する苛烈な弾圧があった。やがて戦争が個人の自由を押しつぶした。石井桃子が、当時、親しく交際した男性も兵役に取られた。『ノンちゃん雲に乗る』は彼のために書かれたという。一種のラブレターと言えるかもしれない。「ピューリタン」の石井桃子にとって、この男性との交際も貴重なものだったろう。著者は、進藤四朗というこの人物についてもよく調べ、詳述している。前述したように、ここでも著者は禁欲的で、二人の会話をテレビの再現ドラマのように表現する愚は犯さない。あくまでも、資料によって書いている。

石井桃子にとっても、戦争は大きな試練になった。「戦争中の石井桃子の仕事については、ほとんど不明のままだった」。

石井桃子自身も触れられたくない過去だろう。著者は、あえてそこに踏み込む。評伝作家として、石井桃子の戦争時体験は避けられない。

国を挙げての総力戦の時代、どんなリベラルな作家も、戦時体制と関わらざるを得ない。自分を殺さなければならない。

石井桃子もまた情報局直属の「日本少国民文化協会」という戦時組織に加わった。時局に押されて「菊の花」という戦時色の強い掌編童話を書いた。決して戦争讃美の作品ではないが、戦後、平和な時代になって、これを書いたことを悔んだに違いないと、著者は推測する。

インタビューで著者が、戦争中の状況について質問した時、石井桃子は珍しく「むきになって」言ったという。

「あなたのような若い人たちに、戦争中のわれわれの生活っていうのを説明しても、わかってもらえないでしょう」

このくだりは胸を衝《つ》かれる。こうも言う。

「酸素が足りなくなった水の中にいる金魚が、水面の近くに浮かび上がって口をぱくぱくさせるでしょう？　そういう感じで毎日、息苦しかった」

著者のインタビューが決して慣れ合いではなく張りつめたものであったことを窺《うかが》わせる。無論、ここでも、著者の石井桃子に対する敬意が根底にあることは言うまでもない。

戦時中から戦後の混乱期、石井桃子は東京を離れ、女友達と二人で、宮城県の田舎で開墾に従事した。この思い切った行動には驚く。八月十五日をそこで迎え、戦後も、畑を耕やし、田で稲を作った。乳牛を飼った。著者は、その農村暮しに、石井桃子の戦争責任への贖罪《しょくざい》意識を見ている。

しかし、都会の人間である石井桃子には、農村暮しはつらかったのだろう。結局は、東京に戻り、文筆生活に戻る。

驚くべき記述がある。

著者は、この石井桃子の農村時代を知ろうと、ある時、宮城県の村を訪れる。それを知った石井桃子は、著者にすぐ葉書を寄越した。こうあった。「びっくりです……私の生涯の悔恨です」。これには、著者ならずとも、読者も驚く。なぜなのか。謎である。村でよほど嫌なことがあったのか。さすがに著者は、この先には踏み込まない。読者の想像にまかせている。

実は、これだけ詳細をきわめる評伝だが、本書には、これ以上は書かないという、空手でいう「寸止め」の意識がある。著者の物書きとしての品性ゆえだろう。


石井桃子はすぐれた児童文学者だった。

なぜ、児童文学を愛したのか。ひとつは、本書の扉に引用されている石井桃子自身の言葉、「大人になってからのあなたを支えるのは、子ども時代のあなたです」によくあらわれているように、ひとの一生のなかで、子ども時代が黄金時代であるからだろう。

もうひとつ。これは推論だが、「ピューリタン」の石井桃子にとっては、子供時代とは、生々しい男女関係のない「ひみつの王国」に思えたからではないか。

『幻の朱い実』の「朱い実」とは烏瓜《からすうり》のことであり、著者によれば、烏瓜の花言葉には「男嫌い」があるという。

郵便はがき

101-0021

お手数ですが切手をお貼りください

千代田区外神田二丁目十八—六

春秋社

愛読者カード係

＊お送りいただいた個人情報は、書籍の発送および小社のマーケティングに利用させていただきます。

| (フリガナ)<br>お名前 | (男・女) | 歳 | ご職業 |
|---|---|---|---|
| ご住所 〒 | | | |
| E-mail | | 電話 | |

※**新規注文書** ↓(本を新たに注文する場合のみご記入下さい。)

ご注文方法 □**書店で受け取り** □**直送(代金先払い)** 担当よりご連絡いたします。

| | | |
|---|---|---|
| 書店名 | 地区 | 書名 |
| 取次 | この欄は小社で記入します | |

ご購読ありがとうございます。このカードは、小社の今後の出版企画および読者の皆様とのご連絡に役立てたいと思いますので、ご記入の上お送り下さい。

〈本のタイトル〉※必ずご記入下さい

●お買い上げ書店名(　　　　地区　　　　書店　)

●本書に関するご感想、小社刊行物についてのご意見

※上記感想をホームページなどでご紹介させていただく場合があります。(諾・否)

| ●購読新聞 | ●本書を何でお知りになりましたか | ●お買い求めになった動機 |
|---|---|---|
| 1. 朝日 | 1. 書店で見て | 1. 著者のファン |
| 2. 読売 | 2. 新聞の広告で | 2. テーマにひかれて |
| 3. 日経 | (1)朝日 (2)読売 (3)日経 (4)その他 | 3. 装丁が良い |
| 4. 毎日 | 3. 書評で(　　　　紙・誌) | 4. 帯の文章を読んで |
| 5. その他 | 4. 人にすすめられて | 5. その他 |
| (　　　　) | 5. その他 | (　　　　) |

| ●内容 | ●定価 | ●装丁 |
|---|---|---|
| □満足　□普通　□不満足 | □安い　□普通　□高い | □良い　□普通　□悪い |

●最近読んで面白かった本　(著者)　　　　(出版社)

(書名)

春秋社
電話 03-3255-9611　FAX 03-3253-1384　振替 00180-6-24861
E-mail:aidokusha@shunjusha.co.jp

## 恢復のミューズ――大江健三郎『美しいアナベル・リイ』

『美しいアナベル・リイ』
新潮文庫、二〇一〇年

大いなる徒労の物語であると同時に、その挫折の先きにかすかに希望を見ようとする「恢《かい》復《ふく》」の物語である。

まず美しいイメージがある。作者の分身である語り手の「私」は、高校時代、松山のアメリカ文化センターで友人と、文化事業担当のＧＩから『アナベル・リイ』という8ミリの不思議な映画を見せられる。

ポーの有名な詩、夭逝した美少女アナベル・リイを歌った詩に拠《よ》ったプライベート・フィルムで、戦後、進駐してきたアメリカの軍人が日本人の少女をモデルに撮ったものらしい。

高校生の「私」は、その「白い寛《かん》衣《い》」を着た少女に魅了される。最後のほうで、少女はお堀端の水際の狭い芝に横たわっている、死んでいる。「寛衣」とは「ゆったりとした服」のことだが、十九世紀から二十世紀にかけての西洋絵画で描かれる少女がよく着る膝下まであるドレス、たとえばジョン・シンガー・サージェントの「カーネーション、ユリ、ユリ、バラ」（一八八五―六年）に描かれた、花園のなかで提灯を持つ二人の少女が着ているネグリジェのようなドレスのことだろう。

戦後、四国の山里で育った「私」は、夭逝した美少女アナベル・リイを演じさせられている日本の「白い寛衣」を着た少女に魅せられる。その美しさと、そしておそらくは、少女の死というイメージに。

## ファンタジー化した私小説

『美しいアナベル・リイ』は、二十一世紀の現在と、その三十年前、一九七五、六年の物語だが、そのおおもとには、戦後まもなく「私」が見た幻影のような少女がいる。

美しい、死にゆく少女に憧れた少年時代の自分への静かなノスタルジーが、大いなる徒労と「恢復」の物語全体を淡くおおっている。

ポーといえば、映画草創期の名作のひとつにフランスのジャン・エプスタン監督の『アッシャー家の末裔』（一九二八年）がある。ポーの「アッシャー家の崩壊」と「楕円型の肖像」「リジア」をもとにしている。

映画史に残る名場面が数々ある。たとえば友人がアッシャーの屋敷を訪れる。カーテンが揺れる。不思議な、ゆるやかな揺れ方をする。実はスローモーションで撮られている。

アッシャーは妻の肖像画を描いている。モデルの妻は白いドレスを着ている。そして、アッシャーの筆が進むにつれ、妻の生気は薄れてゆく。絵が完成した瞬間、妻は床にくずれ落ち、死んでしまう。この場面もまたスローモーションで撮影され、白いドレスが花のようにくずれてゆく美しさには息をのむ。

映画史上、スローモーションを効果的に使った最初の映画として知られるが、この手法は人間の目では見えないものをカメラの力によって作り出す。近代が作り出した幻影である。「私」が高校生の時に見た「アナベル・リイ」も「私」にとっての美しい幻影である。この小説はいわば幻影を核にした、形容矛盾になるが「ファンタジー化した私小説」といっていい。

大江健三郎は特異な私小説作家である。

自身を思わせる「私」を中心に、その妻、子供の「光」、娘、故郷である四国に住む母、妹、あるいは妻の兄である映画監督、といった実在する家族を登場させながら、そこに大胆に虚構を持ち込んでゆく。私小説という狭い世界を、伝承や世界文学と響き合う豊かな物語の世界へと広げてゆく。「ファンタジー化した私小説」というゆえんである。

こういう手法はこれまでになかったのではないか。思い出してみれば初期の『死者の奢《おご》り』も、個人的に大好きな『空の怪物アグイー』も、アルバイトをする学生が死体や怪物という異物を通して幻想の世界に踏み込む物語だった。

大江健三郎にとって私小説という近代日本文学の伝統的手法はあくまでも、私小説を乗り越える手段になっている。読者は、私小説を読んでいるつもりだったのにいつのまにか幻想の世界へ運ばれてゆく。私小説と幻想小説が混在している。そこに大江健三郎の永遠の前衛としての魅力がある。

この小説も、いつものように私小説ふうに始まる。ノーベル賞作家である「私」が、いま中年となり、もうかつてのように「イーヨー」とは呼べなくなった子供の光と共に、自宅のある成城の緑地を散歩する。そこで、東大の駒場時代の同級生で、卒業後、映画やテレビのプロデューサーとして国際的に活躍する木守有《こもりたもつ》に出会う。

「私」は木守に苦い思い出がある。

三十年前（一九七五年と思われる）、偶然木守に再会し、そこで「私」は彼から、結局は徒労に終わる「M計画」と呼ばれる映画作りの話を持ちかけられる。

ここから、二十一世紀の出会いは一気に、三十年前に戻る。物語全体にさまざまな時間が流れている。現在、三十年前、そして、高校生の「私」が8ミリ映画『アナベル・リイ』を見た昭和三十年ころ。さらに「私」の祖母と母が故郷で起きた農民一揆を村芝居で演じた終戦直後。いくつかの時間が積み重ねられ、溶けあってゆく。

「私」が関わることになる「M計画」とは国際的な映画プロデューサーである木守有が立ち上げたプロジェクトで、十九世紀ドイツの作家クライスト（人妻とピストル自殺した）の『ミヒャエル・コールハースの運命』をアメリカ、ドイツ、中南米、アジアの製作チームがそれぞれ映画化し、クライスト生誕二百年の年にまとめて上映するというもの。

アジア版は韓国で作り、詩人の金芝河が脚本を書くことになっていたが、金芝河が政治犯として逮捕、投獄されたために計画が頓挫した。木守有はそこで韓国をあきらめ、日本で作ることにし、脚本は駒場の同級生である作家の「私」に依頼してきた。

映画の話で思い出されるのは一九八五年に出版された長篇『河馬に噛まれる』（文藝春秋）。大江健三郎自身を思わせる作家の「僕」のところに日系アメリカ人がやって来てこんな遠大な企画を話す。

「アメリカではウィリアム・スタイロン、フランスではローマン・ギャリ、ドイツではギュンター・グラス、韓国では金芝河、そして日本ではあなたで、五篇のシナリオをつくってもらいます。監督は、あなたも知っていると思うが、偉大な監督のサム・ペキンパー。第一級の国際映画になりますよ。主題は『浅間山荘』の事件です」

凄い企画だが、「M計画」はこれに倣《なら》ったものと考えてもいいだろう。「私」は木守有の企画に脚本家として加わることになる。

クライストの『ミヒャエル・コールハースの運命』に以前から興味を持っていたことが一因。十六世紀のドイツでミヒャエル・コールハースと呼ばれる馬を扱う博労《ばくろう》が、残忍な城主に反乱を起こす物語は、「私」にはかつて故郷で起きた農民一揆を想起させる。

さらに「私」が「M計画」に興味を持ったのは木守有が主演女優として、アメリカに住む日本人の女優サクラ・オギ・マガーシャックを起用する考えであること。「サクラさん」と呼ばれることになるこの女優が主人公として、そして「私」のミューズとして魅力的に立ち上がってくる。

「サクラさん」は数奇な人生をたどっている。十歳の時に東京大空襲で家族を失なった。疎開していた彼女だけが助かった。戦後、みなし子になった彼女をGHQで文化担当の仕事をする若いアメリカの将校が引き取って育てた。美しい彼女は少女スターとして活躍したのち、保護者である将校（のちに大学の先生になる）と結婚しアメリカに渡った。大人になった彼女はアメリカ映画やメキシコ映画で神秘的な東洋の女性などを演じて広く国際的に知られるようになった。いまは引退しているが木守有は「M計画」によって彼女を故国でカムバックさせたいという。無論、彼にとっても彼女はミューズである。

「サクラさん」は、以前、ブニュエルの映画（『ビリディアナ』だろうか）に出たことがあるというし、コンラッド原作、ピーター・オトゥール主演の『ロード・ジム』には「私」の義兄「塙吾良」（伊丹十三）演じる部族の若者の母親を演じたという。映画好きとしてはモデルは誰だろうと思い、確認のためDVDで『ロード・ジム』を見たが、若者の母親は出ていなかった。作者が作り出した架空の女優のようだ。「ファンタジー化した私小説」らしく虚実がないまぜになっている。

「私」は実は「サクラさん」のことをよく知っている。高校生の時、松山のアメリカ文化センターで見た8ミリの『アナベル・リイ』に出ていた「白い寛衣」を着ていた美少女こそが少女スター時代の「サクラさん」だった。「私」は少年時代の幻のような美少女に再会したことになる。だから「M計画」に積極的に関わってゆくことになる。

## ミューズとの再会

「私」が書きすすめる脚本は『ミヒャエル・コールハースの運命』に、故郷四国で起きた農民一揆が重ねられてゆく。一揆は二度あった。はじめは「メイスケさん」という指導者に導かれたもの。「メイスケさん」が捕われ獄死したあと二度目の一揆が起きた。今度は「メイスケさんの生まれかわり」の幼な子を「メイスケ母」が助ける形で行なわれた。この一揆も悲劇のうちに終ってゆく。

二つの蜂起とその挫折が劇中劇の役割を果していてこの小説を奥行きのあるものにしている。「サクラさん」は自立した女性として「メイスケ母」に惹かれてゆき、彼女を演じることに情熱を傾ける。のちに「M計画」の挫折のあと、三十年たって、彼女が再び「私」と一緒に映画を作りたいといってくるのも「メイスケ母」への共感のために他ならない。

「サクラさん」の熱意にもかかわらず「M計画」は思わぬことから頓挫する。「柳夫人」という「サクラさん」の幼なじみは鎌倉で少女たちにバレエを教えている。「M計画」に参加することになったカナダ国籍のカメラマンが彼女たちの写真を撮った。それが少女ポルノの疑いを持たれ、スキャンダルを怖れた製作者側が「M計画」を断念してしまう。

「少女」、とりわけ「美少女」にはどうしても性的意味がついてまわる。ポーの「アナベル・リイ」を意識して書かれたナバコフの『ロリータ』が話題になってからは「少女」にはさらに性的イメージが強まる。

8ミリ映画『アナベル・リイ』に出演した美少女もまたそれから逃れられない。幼友達の「柳夫人」は「サクラさん」に、「少年の笏《セプター》」とか少女の「蜜の露《ハニー・デュー》」といった露骨な言葉を使って、アナベル・リイと詩の作者は性的関係があったかどうか、どう思うかと聞いてくる。

その疑問はそのまま8ミリの『アナベル・リイ』を見たものなら誰でも持つだろう疑いにつながっている。この美少女と撮影者のあいだにはなにか性的な行為があったのではないか。そして思いがけない／予想された事実が明らかになる。それを知った「サクラさん」が衝撃を受ける姿はエプスタンの映画『アッシャー家の末裔』でアッシャーの妻がスローモーションで花のようにくずれ落ちてゆく美しい花のイメージを思い出させる。

三十年後、「私」は木守有と、そして「サクラさん」に再会する。この時、「サクラさん」はアナベル・リイとしての自分を消し去り、新たに「メイスケ母」として生きようとする。「私」

と木守有が新しく「恢復」したミューズに協力するのはいうまでもない。

そして、もう一人、彼女を支えるのが「私」の妹「アサ」。四国の故郷に住み続ける妹は伝承の精神を受け継ぐように「サクラさん」を助ける。大江健三郎は『水死』（講談社文庫、二〇一二年）でも妹の「アサ」を魅力的に描いたが、「女性の力」が人間の生にとっていよいよ重要になるという思いを強くしているのだろう。

# すぐ隣りにある犯罪——辻原登『籠の鸚鵡』

『籠の鸚鵡』
新潮社、二〇一六年

ファミリーレストランで家族三人が仲良く食事をしている。夫婦と小さな女の子。そばに置かれた籠《かご》には猫が入っている。桃狩りに出かけた帰りらしい。幼稚園に通っている娘はオムライスを食べている。夫はビールの大ジョッキを傾けている。車の運転は妻がするのだろう。

どこから見ても平穏な、普通の家族である。そのごく日常の暮しのなかに、思いがけない犯罪が次々に入りこんでゆく。犯罪はこんなにも身近かにあるものか。平凡な暮しは、なんとたやすく壊れてしまうものなのか。

辻原登の新作『籠の鸚鵡《おうむ》』は芥川賞や谷崎潤一郎賞を受賞した作家としては意外な犯罪サスペンス。読み始めた時は、一瞬、意外な感じがしてとまどったが、すぐにひきこまれた。日常と犯罪がごく普通に重なり合う世界が、猛スピードで展開してゆく。

一九八〇年代なかば、バブル経済期の和歌山市とその周辺を舞台に、バーの女性を中心に、小さな町の公務員、不動産業者、そしてやくざが物語を動かしてゆく。

バブル経済期は金が世の中にあふれかえった異様な狂乱の時代。「地上げ」という言葉が象徴するように、土地が金を生み、その金がまた地価を高騰させていった。この小説の裏の主人公は、「悪銭《あぶくぜに》」そのものかもしれない。登場人物の大半が、金に動かされている。金のために人生を狂わせ、金のために犯罪を犯し、金のために命を落とす。バブル経済期の日本を描き出した最初の小説といっても大仰ではないだろう。

## 日常生活にのぞく亀裂

一九八四年。和歌山市に近い下津《しもつ》町という石油とミカンの町の町役場に勤める出納室長の梶康男が、和歌山市内のバーの女性、カヨ子から色っぽい誘いの手紙をもらい、困惑するところから物語は始まる。

梶は、ついこのあいだ和歌山市に行き、映画を見たあと、小さなバーに入った。そこでカヨ子に会った。長年、公務員として地味に暮してきた男だから、バーの女性には慣れていない。手紙は、妙に生ま生ましく、また店に来て欲しいと書かれている。店に行かないと、次々に手紙が来る。「一人遊び」をしていると書かれていたり、春画が添えてあったりする。堅物の梶は、それが営業用の手紙とも気づかず、カヨ子の誘いにはまってしまい、店に通うようになる。

犯罪小説は一般に町の名前を架空にしたりS町とかK町とかアルファベットにしたりすることが多いが、辻原登はためらわずに和歌山、下津と実名で表記する。以後も和歌山県の地名が次々に現われ、物語に深みを与えてゆく。和歌山県生まれの作者は、地名の持つ地霊の力を意識しているのだろう。

カヨ子が書く手紙が何通か、そのままの形で紹介される。巧みな艶文で、カヨ子は書くうちに、書くこと自体が面白くなるのだが、作者自身も楽しんで書いているようだ。カヨ子は文学趣味があり、吉野秀雄や伊東静雄の歌を添えたりする。一方、梶のほうは、それに応えて吉本隆明の詩「涙が涸れる」を朗読してみせる。六〇年代の学生たちが好んだ「とほくまでゆくんだ　ぼくらの好きな人々よ」。意外。やがて、やくざの抗争が始まる物語に、吉本隆明の詩が引用されるのに驚く。一種の異化効果になっている。

カヨ子は長崎県出身。和歌山市に流れてきた。不動産業を営む紙谷覚《かみたにさとる》と結婚し、女の子を生んだ。ファミリーレストランで食事をしていたのはこの家族。

紙谷は、土地持ちの老人が、施設に入り、認知症になっていると知り、施設の職員と組んで、実印や書類を偽造し、老人が死んだあと、まんまと土地を手に入れた。その土地を売り、一億円以上の金を手にする。いかにもバブル経済期らしい犯罪である。

カヨ子は、夫が手にした金で和歌山市内に小さなバーを開く。しかし、その結果、人生が狂ってゆく。

バーには地元のやくざが「みかじめ料」を取りに現われる。カヨ子は峯尾宏というそのやくざといつのまにか関係を持つ。峯尾は紙谷が土地詐欺でひと儲けしたことを嗅ぎつけ、さっそくおどしにかかる。カヨ子と無理矢理、離婚させ、カヨ子を「自分の女」にしてしまう。さらに、バーに下津町の役場の梶が来ていることを知り、カヨ子に情交の場面をビデオカメラで撮影させ、それをネタに梶をゆする。追い詰められた梶は役所の金に手を出す。何度もゆすられ、額は増えてゆく。

犯罪といっても巨悪とは比較にならない小さなものだが、次々に起ることで、雪だるま式に大きくなってゆく。

金が、日常生活を狂わせる。カヨ子はやくざの情人になったことで家庭を壊される。もっとも、彼女はやくざとの暮しを楽しんでいるふてぶてしさがある。男の言いなりになる女性ではないし、男に泣かされ耐える女でもない。強い。そういえば一九八〇年代は、女性の社会進出が加速し、この物語が進む一九八五年の五月には、男女雇用機会均等法が成立している。

たくましいカヨ子に比べると、町役場に勤める梶は生きる力に欠ける。四十八歳。妻は中学校の英語教師。子供はいない。これまで安定した生活をしていただけに、一度、足を踏みはずすと弱い。カヨ子にいいようにあしらわれてしまい、深みにはまってゆく。永井荷風の『濹東綺譚』に「中年後に覚えた道楽は、むかしから七ツ下りの雨に譬《たと》えられ」るとあるとおり。いつまでもやまない。ついには妻には離婚状を突きつけられてしまう。

金が人を動かす

物語は中盤から、さらに大きく動き出す。やくざが前面に出でくる。

実際、一九七〇年代後半から八〇年代に入って、やくざの抗争が激しくなった。一九七八年にまず山口組三代目、田岡一雄が京都のクラブで大阪のやくざに狙撃された。これがきっかけで「大阪戦争」と呼ばれる抗争に発展する。田岡一雄は八一年に急性心不全で死去。

その後、山口組四代目組長竹中正久が敵対する一和会のヒットマンによって射殺される。まさに、仁義なき戦いが続いてゆく。これも背景には、バブル経済期の悪銭の氾濫があるだろう。

大阪の抗争は、和歌山にも飛び火する。カヨ子の情人、峯尾は親分に命じられ、敵対する組の白神という大阪から乗り込んできたやくざを殺すことになる。峯尾には一匹狼のたくましさがある。

親分とその女房が、峯尾に殺しの仕事を引受けさせるところは、完全に『仁義なき戦い』の金子信雄と木村俊恵。辻原登は、かなり東映やくざを見こんでいるのではないか。前半に、公務員の梶が下津町から和歌山市に出てきて、映画館で『男はつらいよ——口笛を吹く寅次郎』と『ロッキー3』をはしごするくだりがあるが、著者自身もかなり映画が好きなようだ。そういえば、カヨ子の店の名は「Bergman」(バーグマン)。

やくざの峯尾は親分の命令のままに、敵対する白神の命を狙う。狙撃のチャンスを待つ。沖縄に出かけた白神がフェリーで大阪に戻る。船が大阪南港に着き、船内が下船する客で騒然としているなか、狙撃に成功する。

銃を持った峯尾に気づいた白神が「なんじゃあ、おんどりゃ！」と叫ぶところも『仁義なき戦い』を思わせる迫力。

やくざの白神には娘のように若い英子という妻がいる。サリンジャーを読む英文科の女子大学生だったのが、やくざの妻に。またしても意表を突く。

英子は、白神が殺されたと知って、組長らの前で復讐を誓う。このあたりは『極道の妻たち』。

白神を殺した峯尾は、直ちに逃げる。敵だけではない。身内、とりわけ親分の裏切りが怖い。誰にも行先を知らせず単独で逃げる。

高野山の宿坊から、さらに熊野詣の地にあり、小栗判官伝説で知られる湯の峰温泉へ。ここでも実際の土地の名が、なまぐさい現代の物語を支え、浄化する。さらに十津川、果無《はてなし》山脈、冷水山《ひやみずやま》。峯尾の父親が、冷水山の滑谷《なめらだに》という深い谷間で炭焼きをしていたという設定も効いている。現代のなかに遠い過去が入りこみ、物語が複層化する。

峯尾という名前も考えてみれば、山奥で育った人間らしい。彼のやくざとしての暴力は野性の力ゆえかもしれない。

峯尾の避難行は続く。敵味方のやくざが彼を追う。他方、峯尾の愛人となったカヨ子にも動きがある。別れた夫の紙谷が、峯尾の殺人を知り、逃げる男の弱味につけこもうとする。峯尾は、タイへと高飛びする資金を得るために、またしても梶をゆする。三千万円の金を得ようとする。紙谷が、カヨ子を引きずりこんで、その金を横取りしようとする。ここでも金が、物語を、人を動かす。

後半は人物が錯綜するが、作者の筆さばきはみごとで、まったく乱れがない。ストーリー展開の速度、伏線の張り方、小道具の使い方、純文学作家が、こういうクライム・サスペンスを書けるとは。驚嘆する。

映画好きと思われる辻原登は、峯尾が白神を狙うあたりから、明らかに映画の手法、カットバック、パラレル・アクションを駆使している。そこから、マーティン・スコセッシの『グッドフェローズ』を思わせるようなスピード感が生まれている。

最後は詳しく書くわけにはゆかないが、男たちの金をめぐる争いから身をはがしたカヨ子がくっきりと立ち上がるのはいうまでもない。彼女は、バブル経済の悪銭から本能的に離れ、金とは別の価値観で生きてゆくことになるのだろう。

この作品が映画化されたら魅力的なカヨ子を演じられる女優は誰か、考えたくなる。深津絵里、中谷美紀、松雪泰子、うーん、難しい。

書名は、高峰三枝子が歌った古い歌謡曲『南の花嫁さん』から取られている。カヨ子が店でこのＬＰレコードをかけている。

# 帰ってゆく父——中島京子『長いお別れ』

『長いお別れ』
文春文庫、二〇一八年

認知症になってしまった父親をめぐり、三人の娘、母親（妻）、孫たちが、それぞれに戸惑い、混乱しながらも、それでもなんとか試練を乗りこえてゆく。読んでいて、つらい小説ではあるが、同時に、父親のことを気づかう家族それぞれの気持が伝わってきて、読む者を暖かい気持にさせる。

認知症が社会問題になったのは有吉佐和子の『恍惚の人』がベストセラーになった一九七二年頃からだろう。七一年当時の日本人の平均寿命は男性が七〇・一七歳。女性が七五・五八歳、長寿が進むとともに老人の痴呆の問題が浮き上がってきた。長寿は目出たいことの筈なのに、それが思いもよらない不幸を家族にもたらす。これまで、日本人が、いや大仰に言えば人類が経験してこなかった未知の事態である。

誰もどう対応していいか分からない。進行を遅らす薬はあっても治す薬はない。そもそも認知症は病気なのか。長く生きた人間がいずれは直面する運命なのか。

## 現実から遠くなってゆく

父親は静岡県の掛川市の出身。長く都内の中学校の先生をし、校長を務めた。退職後、名誉職として図書館長にもなった。名士である。それだけに、過去と認知症になった現在の落差が大きい。認知症は知的職業に就いていた人間も容赦なく襲う。

この小説は、父親が物語の中心にいるが、父親自身が語り手になることはない。認知症になった人間が「私」を主語に語ることは出来ないのだから。

だから、母親（妻）をはじめ三人の娘たちの視点によって、父親を語ってゆく。介護する彼らの思い、困難が語られてゆく。それしか方法がない。いわば「父親を見つめる小説」である。

父親、東昇平の認知症は長い。認知症と判断されて七年になる。はじめの五年は進行が遅かったが、ここ二年ほど他人の目にもそれと分かるようになった。

徘徊が始まるようになる。

冒頭、とてもいいくだりがある。

ある幼ない姉妹が、夜の後楽園の遊園地でメリーゴーランドに乗ろうとする。しかし、係のアルバイトの若者は、子供だけでは駄目だと乗せてくれない。五年生の姉は就学前の妹と手をつなぎながら、冬の園内を歩き、チケット売り場の前に老人がいるのに気づいて、「メリーゴーランドにいっしょに乗ってくれる？」と頼む。老人はそれに応じ、幼ない姉妹と共にメリーゴーランドに乗る。

その老人こそ徘徊中の東昇平だと分かる。夜の人の姿の少ない遊園地で、認知症の進む老人が、まるでライ麦畑のキャッチャーのように幼ない姉妹を守ってメリーゴーランドに乗る。心和む。

「二度童《にどわらし》」と言う。人間は年を取るとまた童（子供）に帰る。遊園地に迷いこみ、幼ない子供たちと遊ぶ昇平は、子供に戻っている。これから人生を始めようとする子供と、終えようとする老人が一瞬、子供どうしとして触れ合っている。

のちに妻の曜子が、夫を「まごころデイサービスセンター」という高齢者介護施設に通わせることにしたのは、そこが公立小学校の隣にあって、ときどき小学生たちが施設を訪問すると知ったからだった。「老人と子供はそもそも相性のいい存在でもある」。

昇平が、小学三年生の孫とこんな会話をするのも心に残る。

「このごろね、いろんなことが遠いんだよ」「遠いって？」「いろんなことがね。あんたたちやなんかもさ」

昇平は、自分が徐々に現実社会から離れていっていることに気がついている。「遠い」ところへ行こうとしている。

そのあと中島京子はこう書く。

「そう言うと祖父は穏やかに小さな孫を見て微笑んだ」

ここには現実から「遠い」ところへ行こうとする老人と、まだ現実には「遠い」子供とのあいだの優しい一体感がある。この小説が認知症というつらいテーマを扱いながら、決して悲惨な印象を残さないのは、中島京子が老人と子供のお伽噺のように穏やかな一瞬を見逃していないからだ。父親を「哀れな病人」とだけで見ていないからだ。

とはいえ、認知症は確実に進む。病院や施設があるとはいえ、最後に父親を介護するのは家族のひとりひとりだ。

## 悔恨と試練

歌人、小島ゆかりに「徘徊の父、就活の娘あり　それはともかく空豆《そらまめ》をむく」という心に残る歌がある。

父親が認知症になったとしても、東家にも「それはともかく空豆をむく」日常がある。健康な人間は、日々、それをこなしてゆかなければならない。

長女の茉莉は、海洋研究所に勤める夫の仕事でサンフランシスコ近郊のモントレーに住んでいる。高校生と小学生の男の子がいる。家族とは別の彼女自身の日常の暮しがある。日本で暮す両親のことを心配しながら、いまの自分の暮しを守らなければならない。次女の奈菜は、菓子メーカーに勤める夫と、小学生の息子と暮している。三女の芙美は独身でフードコーディネイトの仕事に忙しい。

成長した三人姉妹には自分たちの生活がある。七十歳を過ぎた母親が一人で認知症の進む父親の介護をするのは大変だと分かっていても、なかなか手助けする時間の余裕がない。

小津安二郎の『東京物語』に、尾道に住む母親（東山千栄子）が亡くなり、その葬儀が終わると兄（山村聰）も姉（杉村春子）もあわただしく東京に帰ってしまう場面がある。尾道に住む末娘（香川京子）は、兄も姉も冷たいと怒る。それを義姉（原節子）が柔らかくたしなめる。「子供って大きくなると、だんだん親から離れていくもんじゃないかしら」「誰だってみんな自分の生活がいちばん大事になってくるのよ」。大人の考えである。

それでも東家の三姉妹は決して親に冷たくはない。父親のことも母親のことも気にかけている。長女の茉莉はなんとか家事をやりくりして時間を作り、サンフランシスコから日本の両親のもとに駆けつける。次女の奈菜は、四十代半ばで新たに妊娠した身でありながら、父親の介護の手助けをしようとする。いつも仕事が忙しい忙しいといっては実家に顔を出さない三女の芙美も、両親を捨てては置かれない。

それぞれ、日常の暮しをなんとかこなしながら時間を見つけては実家に行こうとする。この日常と非日常の緊張は、それなりの年齢になった人間なら誰もが経験していることだろう。

父の症状が進むにつれて具体的な問題が次々に起ってくる。父親をどこの施設に入れればいいのか。そもそも千人待ちが当り前という特別養護老人ホームのどこに入れるのか。費用はどうするのか。

切実な現実の問題が次々に三姉妹を襲ってくる。三姉妹は、それをケアマネージャーと相談しながら解決しなければならない。不謹慎な言い方になるが、人間一人が死んでゆくのを支えるのは大変な「仕事」になる。

しかも、認知症の場合（癌もそうだが）、家族がいくら力を尽して介護しても、進行をとめることが出来ない。介護する者にとって、これほどつらいことはない。

父親に加え、母親が目の病いで倒れる。放っておけば失明するところだった。介護に追われ、医者にきちんと診てもらわなかった結果である。よく言われる、老老介護による共倒れである。娘たちは精神的に追いつめられてしまう。母の病気に気がつかなかったとは。

親の病気に、娘たちは罪悪感にとらわれる。介護にはつねにこの、相手に対して申訳ないという気持が付随する。親をきちんと見ていなかったこと、いまの自分の生活ばかりを優先して、老いた両親のことを大事にしていなかったこと。中島京子は、娘たちの悔恨を書き込むことを忘れていない。

父親はベッドから落ちたらしく脚を骨折する。認知症に加え、歩行困難になる。そんな状態の父親を自宅介護出来るのか。

思いあまって、三女の芙美は医者に、自宅での生活はどういうものになるのかと聞く。医者の答えは、あっさりしている。

「お嬢さんが、がんばるしかありません」

これほど厳しい言葉はないが、いま、日本の各所で、認知症の親を介護する家族に、医者はこう答えているのだろう。医者も、こうとしか言いようがない。家族はこの試練をなんとか乗り越えてゆかなければならない。


ただ、中島京子は最後、父親の死をリアルには描かない。映画のカメラで言えば、一気にロングにする。遠景に父の死を置く。そして近景はカリフォルニアに住む中学生の孫が校長と面談する姿をとらえる。

孫は校長に祖父の死を告げる。

自分の祖母も最後、認知症になったという校長は、認知症のことをアメリカでは「長いお別れ（ロンググッドバイ）」というと語る。「少しずつ記憶を失くして、ゆっくりゆっくり遠ざかっていくから」。「長いお別れ」という言葉で語られることで、認知症は「病気」や「試練」から「詩」になる。人間の領域から神の世界へと移る。

認知症が始まってから、父親はよく「帰りたい」と言った。カリフォルニアの長女の家に行った時。施設に入った時。いや、自分の家にいる時でさえ。父親は、どこに帰りたかったのだろう。神がいる世界にか。

# 森鷗外『澁江抽斎』

岩波文庫、一九九九年

鷗外は後年、小説から史伝に移った。資料を駆使し先人の生涯を辿る。なかでも『澁江抽斎』は傑作。難解な漢語が頻出するが、かえってそれが文章を引締めている。若い頃は敬遠していたが、老いて読むと閑寂精確な語り口に魅了される。

抽斎（一八〇五―五八年）は江戸後期の医師。陸奥弘前藩に仕え、江戸藩邸に常住した。決して名の知られる人物ではなかった。鷗外が史伝を書いたことで世に出たといっていい。鷗外も官に仕える医師（軍医）。同じ道の先人として興味を持った。

墓所を探ね、資料に当たり、子を見つけ出し、話を聞いた。大正五年に『東京日日新聞』に連載。当時は決して世評はよくなかったが、のち評価が高まった。

鷗外自身、勤勉実直の人だったが、抽斎もまた医学（漢方）と考証学を極めるために励んだ。克己を忘れたことがない。

史伝といっても決して堅苦しい事実の羅列には終わっていない。細部の充実、逸話の豊かさがある。学問好きの一方、芝居好きだった。煙草は吸わなかったが酒は好きだった

（ただし猪口《ちょこ》三杯まで）。

庭好きで自ら植木を刈りこんだ。ペリー来航の物情騒然たる世に抽斎の身辺には乱がない。もっとも次男は吉原に通い、料理屋に出入りする。放恣佚楽《ほうしいつらく》のために抽斎を苦しめた。ついに息子をとじこめるため座敷牢まで作ったという。

結婚生活は不幸にして離別、死別を繰返したが、四人目の妻五百《いほ》を得てようやく安定した。五百は江戸の商家の娘だが、学問にすぐれただけではなく武芸もたしなんだ。ある時、澁江家に三人の賊が入った。刀に手をかけ抽斎を囲んだ。

この時、五百は沐浴中だったが、夫の危機を知ると腰巻ひとつの裸体で口に懐剣をくわえ駆けつけ、賊を追払った。

『澁江抽斎』は抽斎を中心にその家族、友人、知人たちについても詳述する。群像劇になっている。とくに夫の死後もよく家を守り明治十七年に没した賢夫人五百は読者の心を温かくしてくれる。

永井荷風は鷗外を敬愛してやまなかった。昭和三十四年に死去した時、部屋には『澁江抽斎』が開いたままになっていた。

# 佐藤春夫「女誡扇綺譚《じょかいせんきたん》」

『現代日本文學大系42 佐藤春夫集』所収　筑摩書房、一九八四年

大正期の作家たちの特色は好んで淡い幻想小説を書いたこと。自然主義リアリズムとは違った文学を求めた。芥川龍之介をはじめ、宇野浩二、梶井基次郎、谷崎潤一郎、そして佐藤春夫。

「田舎の憂鬱」「西班牙犬《スペインけん》の家」を書いた佐藤春夫は大正九年（一九二〇）、二十八歳の時、台湾を旅した（当時は日本統治下にある）。谷崎潤一郎の妻千代への思慕の情を捨て切れず、その煩悩を静める旅だった。南国紀州生まれの佐藤春夫には台湾の気候風土が合った。

そこで生まれたのがこの幻想小説（大正十四年）。「女誡扇」とは嫁ぐ娘に親が与える扇で、婦徳が記されている。幸福な結婚をする筈だった豪商の娘が、家の没落で、結婚も破談になったために大きな屋敷に取り残された。そして――。

舞台は台湾南部、台南の海に面した安平《アンピン》と、市中の船着場があった禿頭港《クットウカン》。

日本人の新聞記者「私」は、台湾人の友人（詩人）に連れられ、台南滞在中、安平に出かける。オランダ人の作った古城が残る。かつては港として栄えたが、その後、海が泥に

埋まってしまい、すたれ、廃市になっている。

「私」はその「荒廃の美」に惹きつけられ、ポーの「アッシャー家の崩壊」を思い出したりする。大正期の作家が幻想小説を書いたのはポーの影響がある。

安平の廃港を見たあと「私」と友人は台南の市中に戻る。禿頭港というかつて船着場として栄えたところを歩く。ここもさびれ切っている。

廃墟に「荒廃の美」を見出すのが幻想小説。かつては豪邸だった商家が朽ちて廃屋になっている。なかに入ると驚いたことに二階から女の声が聞こえてくる。

近くにいた老婆に聞くと、没落した豪商の娘の霊だという。「廃屋や廃址に美女の霊が遺《のこ》っているのは、支那文学の一つの定型である」と書いているように佐藤春夫は中国の亡霊譚を踏まえている。

現在、台南に行き、女の霊が出る禿頭港のあたりを歩いてみると、路地の奥に朽ちた屋敷の跡が残っているのに驚く。

台南市にある国立台湾文学館にはゆかりの佐藤春夫の展示がある。

# 芹沢光治良『巴里に死す』

新潮文庫、一九五四年

戦時中に、これほど時局とは無縁の清々しい小説が書かれていたことに驚く。昭和十七年に『婦人公論』に連載され、翌年、中央公論社から出版された。

さすがに当時は広く読まれなかった。この小説が話題になったのは戦後、昭和二十八年にパリで仏訳（森有正訳）が出版され、大評判になってから。欧州人がはじめて接した日本の現代小説として芹沢光治良（一八九六―一九九三年）自身が驚くほどの成功を収めた。サガンの『悲しみよ　こんにちは』と同じ年のこと。

幼ない子供を残して若くして結核のために異国で逝った伸子《しんこ》という女性が娘のために残した手記になっている。

第一次世界大戦後、伸子は医学者である夫がフランス留学するのに従う。優秀な夫は国費留学生としてキュリー研究所で学ぶ。

フランスへ向かう船旅は新婚旅行のようで伸子は幸福そのもの。夫が誇らしい。ところが船中で伸子は夫から思いもかけない告白を聞く。自分は鞠子という知的で美しい女性を愛していたと。しかも、その女性からの手紙もまだ持っていた。

　伸子は衝撃を受ける。自分は見合結婚で愛を知らない。当然、当初はこの未知の女性に嫉妬を覚える。夫の愛情に疑いを持つ。しかも自分は鞠子のように美しくないし、理知的でもない。

　伸子の動揺、不安、困惑が素直に描かれてゆく。彼女がそこからどう立ち直ってゆくかが主題になる。

　伸子はパリで妊娠する。しかし、その頃から胸を病んでいる。夫と医者は母体を守るために中絶をすすめるが、それを拒否する。自分は死んでもいいから子供を生みたい。

　伸子は女の子を出産し、そのあとスイスの療養所に入る。子供を生んだことで彼女はこれまでとは違う、強く、迷いのない女性に生まれ変わっている。一種の成長小説であり、母となった伸子は、いつしか嫉妬心、劣等感を乗り越えて、精神の高みに立っている。

　遠藤周作は伸子を「聖女」と評した。芹沢のパリ留学、スイスでの療養生活から生まれている。

# 野呂邦暢『諫早菖蒲日記』

『野呂邦暢小説集成5』所収
文遊社、二〇一五年

長崎に生まれ、諫早《いさはや》に育った野呂邦暢《のろくにのぶ》にとって諫早はかけがえのないわが町だった。

「草のつるぎ」で芥川賞を受賞しても東京に出ることはなかった。地方の小さな町に住み、市井人を見つめる。

本書は、はじめての歴史小説。幕末の諫早藩に生きる砲術指南の武家一家を描く。佐賀鍋島藩の支藩。一万石の小藩で、城さえない。しかし長崎に近いため長崎港の警備に当らなければならない。

折りから外国船の往来が激しくなっている。当主の藤原作平太は砲術指南を務めるだけに心の安まることがない。

この小説がいいのは、幕末の小藩の混迷、重責を負う藩士の労苦を、作平太の娘の目で描いていること。志津という十五歳の少女のういういしさが、歴史小説にありがちな重苦しさを消している。

利発な志津は、娘なりに父親の職務を理解している。苦しい内証をやりくりする母親を思いやる。他方、少年のように野山を歩く。爺やの狸狩りについてゆく。漁師たちの勇壮な鯨漁に胸躍らせる。向田邦子がこの小説を愛したのも志津が生き生きと描かれているからだろう。

梅雨の長雨で町を流れる本明《ほんみょう》川が氾濫する。また、耐え忍んできたひとりの侍が、ついに鍋島藩士を斬りつけ、責任を取って、腹を切る。さらには、激務の続いた父親が病いに倒れる。

物情騒然たる世、次々に事件が起るが、娘の目から語られるために殺伐としていない。志津は母親に隠れ、こっそりと化粧をする。若い藩士をひそかに慕う。娘心がいじらしく、愛らしい。

文章は明晰清澄、詩藻豊か。藩の地誌や志津の暮しが丁寧に書きこまれる。諫早を舞台にしたもうひとつの傑作（現代小説）『鳥たちの河口』で描かれた、町を流れる本明川がここでも物語を支える。

そして随所に花々が咲く。夾竹桃《きょうちくとう》、てっせん、けし、芹《せり》。何よりも志津が大事に育てる菖蒲《しょうぶ》。志津自身、花そのもの。

野呂邦暢は本書の完成後、一九八〇年五月、まさに菖蒲の季節に急逝。四十二歳だった。諫早市の上山《じょうやま》公園に文学碑があり、冒頭の「まっさきに現われたのは黄色である」が刻まれている。

# 伊藤整『変容』

岩波文庫、二〇〇二年

老人にも性への強い思いがある。自分は決してまだ枯れていない。

老人の性を描いた小説と言えば昭和三十年代のなかばに発表された川端康成の『眠れる美女』と谷崎潤一郎の『瘋癲老人日記』が知られる。どちらも老人が若い女性を人形、愛玩物としている。

これに対し本作は、女性をあくまでも対等な性の相手としてとらえている。雑誌『世界』に連載されたあと昭和四十三年に岩波書店から出版され、老人の性を大胆に描いたと評判になった。

主人公は龍田北冥という功成り名を遂げた日本画家。還暦が近い。現在では六十歳はまだ若いが、当時ではもう老人。

北冥は十五年前に妻を亡くした。以来、一人。子供はいない。亡き友人の作家の文学碑がその故郷の城下町に作られ、除幕式に出席する。そこで作家の姉、日本舞踊家の咲子に再会する。北冥は青年時代、一夜、夫のいる年上の咲子に抱かれたことがある。

再会したあと二人は再び求め合う。驚くのは二人の年齢。六十歳に近い男が、六十歳を超えた女を抱く。伊藤整はそれをごく自然のこととしている。しかも咲子という老女性を美しく、魅力的に描いている。そこが新鮮。

「(咲子が) 抱かれる喜びに陶酔するさまは、ほとんど芸のようだった」

北冥は以前、高名な歌人とも夜を共にしたことがある。やはり六十歳を超えた年上の女性で、一線を超えると素直に乱れ、快楽に惑溺した。

「銀狐のように白さを点綴《てんてい》したかくしげに包まれたその暗赤色の開口部は異様に猛々しかった」

こうした描写が決して卑猥ではなく、女人讃歌になっている。北冥が女性の美を追求する画家という設定も効いている。

さらに北冥はかつて絵のモデルにしていた歌子という銀座のバーで働く女性と縒《よ》りを戻す。彼女も四十歳を超えている。老いを自覚した画家はそれだからこそ社会の束縛から離れ「感覚の求めるものすべてを善としたい」と願う。

伊藤整はこの小説を出版した翌年、六十四歳で死去した。

# 第3章　孤独と自由を生きる人

## 断念から始まる——山川方夫『春の華客・旅恋い』

『春の華客・旅恋い』講談社文芸文庫、二〇一七年

海と青空が好きな作家だった。

海が好きだったのは、彼が住んだ神奈川県二宮町が相模湾に面する海の町だからだろう。家のすぐ前がもう海だったという。

青空が好きだったのは、昭和二十年の八月十五日、二宮の町で迎えた敗戦の日、空があくまでも青かったからではないか。

海と青空が好きな作家。だからといって山川方夫が明るく、強い作家なのではない。むしろ海と空という広大な自然は、それを見つめる自分がこの世界に一人だという孤独感を強く意識させる。山川方夫は、海と青空に向かって一人で立とうとする。孤独な意識こそを作家としての核にしようとした。

その意味で『春の華客・旅恋い』に収録されている「海の告発」には心に残る言葉がある。伊豆大島から東京に向かう汽船の上から幼ない子供を海に投げ込んだ女性のことが気になり、取材を続けていた新聞記者の「私」は、女性の裁判を傍聴し、彼女が執行猶予五年の判決を受

けたあと、自分とさほど年齢の変らない「子供ごろしの母親」の孤独を思い、こう考える。

「その、自分が単独であるということの他には、なにひとつ確実なものはないのだという考え、それこそが、戦時の経験がいつの間にか身に沁みつけたわれわれの唯一の信仰ではないのか」

「私」が「子供ごろしの母親」の裁判を傍聴して気づいたこの単独者の意識は、「私」の「戦時の経験」と結びついた世代的なものであることがまず語られている。さらに、「私」のこの個の意識は青空と結びついている。「人びとがばらばらな点でしかなくなり、それぞれが単独に青空とだけ直結していたあの時代を唯一つの故郷として、われわれはまだ今日を生きているのだ」（傍点、引用者）。

## 孤絶を愛すること、他者と生きること

山川方夫は昭和五年（一九三〇）、東京生まれ。終戦の時は十五歳。この世代の少年として「自分が単独であるということの他には、なにひとつ確実なものはないのだ」と考えて無理はない。何かが失なわれたという喪失感とも、これから新しい何かが始まるという解放感とも違う。単独者であるという孤絶の意識。ただ、海と青空だけに向かい、対峙するひとりの意識。それを自分の核にした。

本書には収録されていないが、初期の代表作に「煙突」がある。終戦直後、中学生の「ぼ

く」は学校の屋上で一人の時間を過ごす。その自分だけの隠れ家のような屋上に、一人の同級生が現れる。「ぼく」は同じように、「地上」の世界を嫌う同級生に親しみを感じるようになるが、結局は相容れない。気づいてみると「ぼくは一人だった」。

一人になった「ぼく」はいつものように、壁にボールを投げる。「プレイ・ボール」と叫んで。戦後の、信じられるもののない社会に向かって、単独者として歩き出そうとしている少年の決意が浮かびあがる。

山川方夫は、「海の告発」で、世間一般から見れば「子供ごろしの母親」に、「煙突」の「ぼく」と同じ、孤独への強い思いを見た。

この女性が子供を殺したかったのは、一人になりたかったからなのだと「私」は思い至る。彼女は「手記」のなかで、こう書いている。「今こうして留置場の厚いコンクリートの壁の中に、ひっそりと世の中から隔離されていることが、私にはとても安らかな、なぜか落着いた気分すらあたえてくれるのです」。この孤独への思いは、「煙突」のいつも屋上に一人でいようとする「ぼく」の思いと重なりあう。

母親は執行猶予付の判決を受けた。ということは、もう一人でいることは許されず、また社会のなかへ、現実のなかへ、わずらわしい人間関係のなかへ、引き戻されるということを意味する。だから傍聴した「私」は思う。執行猶予が付いた判決は彼女にとって「いちばん残酷できびしい刑のように感じられた」。

ここに山川方夫ならではの逆説がある。本当は一人でいたいのに、一人で海と青空に向かっていたいのに、現実社会はそれを許さない。孤絶の意識を抱えて、人間関係のしがらみのなかを生きるしかない。そう知った「ぼく」は屋上を降りなければならない。「プレイ・ボール」とは、この覚悟の表明に他ならない。

自分は単独者である。にもかかわらず、社会のなかで他者と生きる。そう考えたところに山川方夫の早過ぎる成熟があり、断念があり、それゆえの悲しみがあったと言える。

山川方夫の文学は、ここから始まっている。「煙突」も「海の告発」も二十代の作品であることは驚くに足る。普通なら青春のただなかにあって、恋愛の苦しみや生きる怖れに身悶えするのに、山川方夫は早くも成熟し、断念し、醒めて周囲を、そして自分自身を見ている。

山川方夫を語る論者の多くが「都会的」と評するのは、この断念を言っているのだろう。早くに断念を知った作家は叫ばない、大仰な身振りをしない、深刻にならない、熱狂しない。生のただなかに入ろうとするより、外側にいて「見る人」になろうとする。

「氏はいつも見るのである。見ることは拒むことだ。『見』て『もの』にしてしまうことは、対象をピンで止めて、遠ざけてしまうことだ」「氏は正確な風景のなかで孤立し、誰とも連繋をもたなくなる。氏は美しい陶器のように孤独である」

山川方夫が敬する先輩作家、永井龍男を論じた小文（「永井龍男氏の『一個』」）のなかの文章だが、ここで山川方夫は永井龍男を語りながら、ほとんど自分を語っているのではないか。「見る」「美しい陶器のように孤独」。山川方夫自身に当てはまる。

## 孤独をかかえながら

同じく本書に収録された「遠い青空」は、断念から出発した作家らしい素晴らしい小説である。海があり、青空があり、孤独がある。この作品が二十代で書かれたとはにわかには信じられない。文章は落着いている。決して走らない。他者を、そして自身を冷静に見つめている。「僕」は十八歳。「K大の旧制予科の仮校舎に通学」「お坊ちゃん」である。相模湾に面した町、二宮に住み、東京の大学に通っている。山川方夫自身の十八歳と重なっているだろう。「僕」はある時、東京からの帰り、東海道本線の途中駅である平塚で降りてみる。途中下車して、はじめての知らない町を歩く。町を歩いているうちに「僕」は「快感」を感じはじめる。見知らぬ町のなかで、それまでの日常からかけ離れた、自由な個人になっているから。わずらわしい家のことや学校のことは考えないでいい。「僕」は「知らない男」「一人の任意の男」になっている。都市のなかの快い孤独である。

「いま、ボクはカラッポである。ボクは居ない。ボクは無である。……何故かその意識が、僕を青空の恍惚にさそう。ひろびろとした自由の天国に誘う」

「煙突」の「ぼく」が屋上にいる時と同じである。平塚というそれまで知らなかった町が

「僕」にとって隠れ家になる。そこでは、家や学校の日常から遠ざかり、純粋な個になれる。隠れ蓑願望であり、世捨人志向でもある。十八歳の少年が早くも世の中から降りてしまう「快感」を知る。

この小説は青春小説でありながら、老人を主人公にした永井荷風の『濹東綺譚』を思わせる。ともに、現実の向こうにある隠れ里を求める物語になっている。「僕」は、平塚に行く時、服を換える。変装する。『濹東綺譚』の「わたくし」が私娼の町、玉の井へゆく時、わざと粗末な服に着換えるのと同じ。

ちなみに「遠い青空」を書いた当時、山川方夫は『三田文学』の編集をしていた。言うまでもなく、荷風は創刊当時の『三田文学』の編集に関わった。山川方夫は当然、荷風を読んでいただろう。

『濹東綺譚』の「わたくし」は玉の井という隠れ里で、気立てのいい娼婦お雪に会う。ひかげの女がミューズ（美神）になる。

「遠い青空」の「僕」は平塚で、大五郎という「与太者」と、美佐という少女と親しくなる。そして、「一種の精神耗弱者」である少女に惹かれてゆく。美佐は言わば「僕」のミューズになる。

しかし、ここでも断念がやって来る。「僕」は、美佐を抱くことは出来ない。最後の最後で、平塚の町は隠れ家でなくなってしまう。「僕」はまた、元の日常に戻ってゆく。青空はいつか特別の輝きを失なっている。

　現実の向こうに行きたい、日常のわずらわしさから解放されたい、一人になって青空を見上げていたい、海に向かっていたい。孤絶への思いは、現実の前についえさってゆく。

　山川方夫は、若くして断念の悲しみ、痛みを知った。本書は、二十代の作品を主に編まれているが、現代の読者は、どの作品にも、すでに青春が終ってしまったあきらめ、静けさを感じるのではないか。

「娼婦」の俳優養成所に通う二人の若い女性は、アルバイトで娼婦をしていた時は生き生きしていたのに、いざ娼婦を演じることになった時、無残に現実を思い知らされる。「春の華客」の男女は、恋人を演じることによって非日常の時間を楽しむが、結局は、また元の日常へ戻ってゆく。

　しかし、一度、一人で青空を見てしまった者が、普通の生活に簡単に戻れることはないだろう。悲しみ、痛みを抱えて日常を生きてゆくしかない。そこには、他者を意識しながら、自分は孤独であるという冷え冷えとした思いが残る。

　他者のなかに生きざるを得ないが、他者は他者でしかない。短篇「月とコンパクト」のように、男は婚約者である女性の心が理解出来ない。別の短篇「旅恋い」の母親は、結局、息子と自分は他人でしかないと思う。「お守り」の妻は、同じ団地に住む男を夫と間違えてしまう。

恋人どうしのあいだにも、親子のあいだにも、夫婦のあいだにも、そして、自分と自分のあいだにも、冷たい距離がある。一人で青空に向かおうとする者の定めだろう。

山川方夫より上の世代の詩人であり、作家であった清岡卓行の、良く知られた詩「空」を思い出す。

「わが罪は青　その翼空にかなしむ」

## 現代の農に生きる者――高村薫『土の記』

『土の記』
新潮社、二〇一六年

現代の農業従事者、それも高齢の独居者の日常をこれほど刻明に描き出した小説は珍しい。農作業のひとつひとつをドキュメンタリーのように正確にとらえてゆくと同時に、独居老人の生活を彼のモノローグによって語ってゆく。現代の農村のなかにこれほど深く入りこんだ小説はなかったのではないか。

といっても、この小説では、農業問題はほとんど語られない。環境問題もTPPも出てこない。現代の農村の日常が、政治問題によってではなく、日々の農作業の微細な描写によって浮き上がってくる。

奈良県の南西部にある宇陀《うだ》市の山間部の集落に住む七十歳をいくつか過ぎた独居老人、上谷伊佐夫が主人公になる。

まだ元気で毎日のように田に出る。田植えをし、雑草を取り、秋にはわずかな量とはいえ米を収穫する。山も持っていて、そこには茶が自生している。その茶の世話もする。

農民ではなく、農業従事者と書いたのは、伊佐夫はもともと農家の人間ではないため。

この集落にある大きな農家に婿養子として入った。戦時中の東京に生まれた。東京の大学を出て、シャープの前身の早川電機工業に入り、技術者として勤め上げた。会社員時代に農家の娘、昭代と見合結婚をした。退職してから農作業に興味を持つようになった。いわば、にわか農民。大学は理科系で、土壌や石に興味を持っていたこともあって、自然にエレクトロニクスから農業に関心が移った。

田で働く元会社員を見て、妻の妹の久代は「伊佐夫さんの米づくりは理科の実験」と評するのが面白いが、確かにこのにわか農民の農作業は、稲や茶、野菜の成育をじっくり観察している冷静さがある。

## 農作業の微細な描写

二〇一〇年の六月から始まる。

七十二歳になる伊佐夫は、この年、妻の昭代を亡くした。昭代は十六年前、単車に乗っている時にダンプカーに衝突し、命は助かったが、以来、植物人間になってしまった。伊佐夫は妻の介護をしてきた。オムツもかえた。農作業は伊佐夫にとって穏やかな息抜きになったのかもしれない。

物語は伊佐夫の語り、モノローグで進んでゆく。まるで村の老人が昔語りをするように。そういえば「イサオ」という名前は『古事記』のなかに出て来てもおかしくない。
伊佐夫は農作業をしながら、しばしば妻との暮しを思い出す。妻との仲は、最後の頃はうまくいっていなかった。美人の妻は、どうもよそで若い男と会っていたらしい。伊佐夫は、うすうす感づいていたが、面と向かってそれを言うことはなかった。もともと気の強い男ではないし、婿養子の立場もあったろう。どうせ自分は、たいした男ではないという自嘲が先に立った。

農村を舞台にしているからといって、この小説は、かつての長塚節《たかし》の『土』のように貧農、小作人の暮しを描いているわけではない。現代の農村は昔に比べればはるかに豊かで、暮しに余裕がある。

伊佐夫と昭代の娘の陽子は、慶應義塾大学を出て大手銀行系のシンクタンクの上席研究員になっている。海外留学もしている。高校生の孫娘はアメリカ生まれ、東京育ちで、目下、テニスに夢中になっている。伊佐夫の家の近くに住む昭代の妹、久代は夫が建築会社を経営しているためか、暮しに余裕があり、フラダンスを楽しんでいる。

農村といっても、かつての貧しさはもうない。伊佐夫自身も、企業年金があるから、農業で暮しを立てているわけではない。三枚の田からとれる十俵ほどの米は、自分の家で食べるほかは、親戚、知人に配る。

伊佐夫のモノローグによって語られてゆくから、この小説には会話、ダイアローグはない。

引用符(「 」)はまったくない。すべての人物の言葉が、伊佐夫を通して語られる。事実としての物語というより、語られる物語になっている。そのために現代の小説なのに昔話の印象を与える。

伊佐夫は、もともとの土地の人間ではない。婿養子として東京からやってきたよそものである。隣人と摩擦が起きないように適度な付き合いはしているが、決して深入りはしない。妻に死なれてから、いっそう隣人たちとは距離を取るようになっている。法事とか、集落の寄合い、草取りには参加するが、よそもの、婿養子の立場は崩さない。

農作物を観察するように、集落の人間たちを醒めた目で見ているし、自分自身でさえ、距離を持って見ている。しばしば自嘲の呟きをもらす。

一人暮しになってからいっそう伊佐夫は、孤独な時間のなかにひきこもる。草取りや収穫に隣人の手を借りることはあっても、基本的に農作業は一人でする。三枚ほどの田の作業なら、なんとか一人で出来る。農作業のいいところは、会社勤めと違って人間関係のわずらわしさがないことかもしれない。

伊佐夫は婿入りした一九七〇年に、山のなかに茶の木が自生しているのを見つけた。中国渡来の茶の木を植えたものが野生化したらしい。伊佐夫はその種を採取して苗を育て、三十六年後の現在、八百を超える株がある。ひそやかな茶畑であり、秘密の花園のようでもある。伊佐夫は一人、山に入っては茶の成育の様子を見るのを楽しみにしている。

このあたり、宮沢賢治の童話「虔十《けんじゆう》公園林」の木を育てるのが好きな虔十を思い出させる。他人と交るのが苦手な伊佐夫にとって、農作業はもっとも自分に合った仕事になっている。

この小説は、農作業をはじめ、伊佐夫が一人でこなしてゆく仕事を、具体的に細かく描きこんでゆくところに大きな特色がある。とくに収穫した茶を羽釜で茹で、製茶してゆくだりなど、その精密な描写に感嘆する。

あるいは、伊佐夫が昭代との夫婦石を自分で作ることにし、生駒まで車を走らせ、石屋に行き、大きな石を買い、一人で車に積んで家に持ち帰り、石に二人の名前を彫り込んでゆくだりも、その描写の丹念さに驚く。

農村の暮しを描くとは、大上段に環境問題を語ったり、安直に自然讃歌することではなく、農村での自給自足的な仕事に目をやり、それを丁寧に描くことだと、作者は思い定めているのだろう。

例えば、伊佐夫の楽しみのひとつは農事歴を作ること。月ごとの農作業の予定を立てる。水田の作業、畑の植えつけ、さらに野菜の種類。「畑は大小の区画割りから始め、生姜やネギなどは一畝、もしくは二分の一畝といった小さな単位で、根菜や葉菜はもう少し大きな単位でつくる」というように予定を大学ノートに書きこんでゆく。

「大学ノートに線を引いて描いた畑の季節毎の見取り図は、書いては消し、書いては消しして次々に書き込まれてゆく作物の名前が、まるで細密画のようだ」

「細密画のようだ」という言葉に、伊佐夫の農作業への愛着がよくあらわれている。

## 土と共に生きる市井の人

一人でいるのが好きな伊佐夫だが、決して山奥に住む隠者ではないので、隣人たちとも家族とも適度な関わりを持つ。独居老人なのでしばしば、近くに住む義妹の久代が惣菜などを作って持ってきてくれるのは有難い。時折り、一緒に食事をしたり、酒を飲んだりする。

娘の陽子は、驚くことに、ニューヨーク住まいを始め、かの地で知り合った獣医と結婚することになる。高校生の娘と三人で里帰りをする。集落をあげて彼らを歓待する。陽気なアメリカ人の夫は人気者になる。

隣人たちからは変り者と思われている伊佐夫だが、娘と孫の幸福は願わずにはいられない。その意味では、市井《しせい》の普通の父であり、祖父である。

七十歳を過ぎた伊佐夫は、時々、物忘れするようになる。認知症というよりは、加齢から来る老化だろう。

明日の畑仕事を忘れないようメモをしておく。その内容がいかにも、伊佐夫らしい。

「一、茶の木の新芽の確認。一、カボチャ、キュウリ、トマトの支柱立て。一、ジャガイモとインゲンの追肥の用意。一、里芋の土寄せ。一、春菊、ニンジンの播種。一、イチゴの枯れ葉の除去」

メモのなかに、伊佐夫の土と共にある暮しがよくあらわれている。これらすべてをやり終えたら伊佐夫の一日は幸福なものになるだろう。

二〇一一年。三月に東日本大震災が起る。関西でも揺れがあったという。やがて原発がひどい状況になる。娘は心配してニューヨークから電話をしてきて「お父さん、お願いだからこっちへ来て！」と叫ぶ。

しかし、伊佐夫に逃げる気などない。「まだ若く、たっぷり未来のある者は逃げる価値があるかもしれないし、七十も過ぎた者にはわざわざ故郷を離れてまで逃げる意味はないかもしれない、というだけだ」。

震災後の非日常のなかでも、しなければならない日常がある。食事の手伝いにきた義妹の久代が何気なくいった言葉が、伊佐夫の心に残る。「じっとしていてもしょうがない、子芋でも炊きますわ」。

小さな集落には死者が増える。昭代だけではない。老人たちが一人、一人と他界してゆく。やがて伊佐夫の順番が来るだろう。

上下二巻から成るこの長編小説には、最後の一頁に、ぶっきらぼうにこんな事実が添えられている。

二〇一一年の九月、奈良県の南西の山間部は豪雨に襲われた。県内の死者、行方不明者は二十六名を数えた。

そのなかには、この小説の舞台になった集落の二名も含まれる、と。

そういえば、この小説は、随所で雨が降った。奈良県の南西部はもともと雨が多いのか。それとも二〇一〇年と一一年には、とくに多かったのか、そして、一一年の九月に豪雨が来た。

# もうひとつの世界——筒井康隆『敵』

『敵』

新潮文庫、二〇〇〇年

老人文学の傑作である。

何よりもまず老人の日常生活の細部、衣食住のディテイルを、虫眼鏡で観察するように冷静に、微細に観察しているのが面白い。

主人公は渡辺儀助という七十五歳になる老人。元大学教授で、フランス近代演劇を専門にしてきた。妻には二十年前に先立たれ、東京山の手の住宅街にある家で一人暮しをしている。子どももはいない。

この主人公が、自分の日常をことこまかく読者に語っていくという形をとっている。その描写が驚くほど細かい。朝、昼、晩、何をどのようにして食べているか。どんな家に住んでいるか。書斎はどうなっているのか。筒井康隆は日常生活の逐一を、これ以上にはないというほど細かく語っていく。

引き出しのなかにはどんな文房具が入っているかまで、重大な報告をするかのように、冷静に書き記していく。

モンブランの細書き万年筆、筆ペン、マジックペンやボールペン、筆、鉛筆、消しゴム、チューブ入りの糊、セロテープ、竹とプラスチックの物差二種、付箋、鋏《はさみ》、ペーパーナイフ、インク、インク消し、吸取器、カッターナイフ、輪ゴム、安全ピン、クリップ、さらには耳掻《みみか》きや綿棒。

カタログ雑誌のように細かく引き出しの中身が記述されていく。その徹底した細部の記述が、従来の人生論的な老人文学とはひと味違った世界を作り出していく。

壺中天《こちゆうてん》という。小さな壺のなかに現実とは違った、もうひとつの世界がある。細部の描写が重ねられていくうちに生まれてくるのは、この壺中天。

## 日記を書くために生きる

老人は、大学を退職してから、完全な隠居生活に入った。第二の職は得なかった。一人暮しを楽しんでいる。もともと孤独好きのところがある。交友関係も限られている。隠居生活のいいところは、義理を欠いても許されることだから、広く人と付合うことはない。そのほうが無駄な出費もしないですむ。

この独居隠棲《いんせい》する老人は、どこか単身者の生活を貫き通した永井荷風に似ているところがある。世間では、一人暮しの老人というと哀れな存在と考えられがちだが、そんなことはない。

自己管理のしっかりした一人暮しはみごとな工芸品のような完成された美がある。

現実社会が後退していくと、逆に、自分の周囲が接近してくる。それまでは、なんでもないものに見えた引き出しのなかのこまごまとした文房具が大事に思えてくる。だからそれを、昆虫採集家が虫を整理するように丹念に記述してゆく。現実社会という大きな世界が後退し、身のまわりの小さな世界が接近してくる。この遠近の逆転が面白い。

各章は「朝食」「友人」「物置」「講演」「病気」「麺類《めんるい》」と、老人の日常生活に沿って細かくわかれている。朝、何時に起きるのか。起きてから何をするか。朝食には何を食べるか。分刻みのように克明に老人の日課が記されている。永井荷風の日記『断腸亭日乗』に似ている。あの厖大《ぼうだい》な日記には、自分がこれまでに関係した女性の名前まで一覧表になって列記されていたが、われらが主人公も、いま心にかかる女性、かつての教え子でいま三十五歳の女盛りにいる「鷹司靖子《たかつかさやすこ》」についてきちんと一章割いている。

食事の記述はとくに面白い。老人は、妻に死なれてから二十年も一人で暮してきたので料理も自分でする。買物もする。毎日の献立てを工夫する。父親が野菜嫌いのために、早くなくなったので、なるべく野菜をとるように留意もしている。

朝食は白飯。メジャーカップ一杯の米に同じメジャーカップ十分の九を加えて炊飯器で炊くと好みの飯になる。量は碗に軽く一杯。おかずは日によって異る。好物は鮭と焼き豚。卵を食べることもある。飯が碗の底に少し残るが、塩昆布などで茶漬けにする。熱い茶が苦手なので、茶漬けをするのは冷えた杜仲茶《とちゅうちゃ》。これも自分で作る。通信販売で求めたティーバッグ入りを薬《や》缶《かん》で真黒になるまで煮て、薬缶にいっぱい入れておく。三日分になる。

ここでも、引き出しの中身と同じように、米、鮭、焼き豚、卵、茶漬け、杜仲茶と、朝食のディテイルが細かく記述されていく。その壺中天の世界に、読者はいつのまにか引きずりこまれていく。

この老人は、自分自身を実験材料のように見立てて、自分で自分を観察している。モノや日常的な些細《ささい》な行為によって自分を語る。多くの老人文学が情緒的な心情吐露、花鳥風月的な詠嘆にとらわれるのに対し、この小説は、あくまで冷静である。徹底的に細部にこだわることで、私小説的な湿気、人生論的な凡庸を排除していく。

それにしても、細かく記述された老人の一日とは、なんと豊かであることか。「平凡な日常生活」とか「市井の人びとの穏やかな暮し」とよく言う。一日に何事も起こらないのが「日常」であるように、ましてや隠居した老人の一人暮しなど、退屈きわまりないものに一般には思われがちになる。

しかし、朝早く起きるところから始まる、この老人の一日を見ていると、実にやるべきことが多いのに驚く。いや、日記のように一日を細かく記述していくことによって、退屈な日常が、なまじのドラマよりもずっと劇的になってゆく。その妙。

日記文学の古典にアミエルの『日記』がある。これを読んでいると一日の記述が実に長いのに驚く。これだけの量を書いていたら、一日の大半が日記を書くことに費やされてしまうのではないかと呆れてしまうほど。

つまり、日記は、一日を実際に生きることと、一日を言葉に移しかえることの落差から生まれる。一日生きたから日記を書くのではなく、日記を書くために一日を生きる。

渡辺儀助の記述の面白さは、「生きられた一日」ではなく、「書かれた一日」になっていることだ。この老人の一人暮しぶりは、みごとな工芸品のような美があると書いたが、その美しさは「書かれた一日」から生まれている。通常の小説は、作者と語り手は一体化しているものだが、この小説は、老人が自分自身を観察し、それをまた筒井康隆が観察（覗き見ている）という二重の面白さがある。

老人の一日のなかで重要なのはなんといっても食事。食事は、老人にとって儀式のように神聖なものになっている。だからその記述は念が入る。昼にざる蕎麦《そば》を作るときの楽しそうなこと。蕎麦つゆにもこだわりを見せる。老人は酢豚も自分で作る。さらには焼鳥のたれまで、酒と味醂《みりん》で作る。

老人が一人で焼鳥を食べるところは圧巻。「八畳の間の机に電気焜炉《こんろ》を置き鶏肉を網で焼く。焼きながら何度かたれをつくる。塩七味山椒《さんしょう》を三枚の小皿に入れて並べそれぞれの味を楽しむ。煙が出るので冬以外は書院窓を開けいい香りが漂ってきた隣家の人の反応を想像して面白がる。飲むのはたいてい焼酎のオン・ザ・ロックでグラスの底には梅ぼしをひとつか胡瓜《きゅうり》の一片を落す。まるで洋酒を飲んでいるようにピンクやグリーンが美しくほのかな香りもよい。テレビはニュースまたは野球を見る」。

一人暮しの老人の幸福な桃源郷、「たったひとりの小さな宴」である。こういうささやかな楽しみごとが可能なのも、老人がふだんから生活のあらゆるレベルでストイックなまでに細心に身を律しているからだろう。

「病気」「老臭」の章では、老人がいかに健康に留意しているかが記されているし、「預貯金」では、一人暮しを支えているのは結局は金であることが明確に語られている。さらに「性欲」では、老人にも性欲が枯れてなくあるとされ、自慰の効用が語られる。老人は強い意志の力で、生活の隅々まで自己管理を徹底させている。生活の細部の徹底した記述は、この老人の生き方と関わっている。

## 壺中天の闇のかなたへ

しかし、厳密に分刻みで生活を管理していっても、自分の意志力ではどうしようもないこともある。老いの進行と、その先にある死。

細部がみごとに充実した老人の生活に徐々にひび割れが生じてくる。夢のなかに頻繁に妻があらわれるようになり、そのうち、夢のなかなのか現実なのか、判然としなくなってくる。いままでの生活があまりにきっちりとしていただけに、このひび割れ、老人の意識の白濁現象は不気味そのもの、壺中天に入ってしまった老人は、そのまま外に出られなくなり、遠くへ、向うへと引っぱられていく。

老人はパソコンをしている。若者たちのパソコン通信を覗くのを日課のようにしている。ところがそこにあるときから、謎めいた不可解なメッセージが入るようになってくる。「敵です。敵が来るとか言って、皆が逃げはじめています。北の」。このリフレインされるメッセージは中断されるだけに気味が悪い。「敵」とはなんなのか。具体的な侵略者なのか、それとも朦朧《もうろう》としていく老人の意識のなかに突然やってきた死なのか。

老人はゆっくりと現実から、向うへと消えてゆく。日常から非日常へと大きく移行するのではない。思い出してみれば、それまでの老人のことこまかな日常生活の記述そのものが、どこかおかしくはなかったか。「日常」など大雑把にとらえているからいいのであって、微細に観察しはじめたら、かえって「非日常」になってしまう。現実社会が大きく後退し、自分の周囲が近づいてくる。そのことがそもそも異様ではあった。老人は、もしかしたら、はじめからもう現実から離れていたのかもしれない。スズメは「痴痴痴」と鳴き、若い友人は「翁翁翁」と泣く。あの頻出する擬音を漢字の当て字で表記するのも、いまとなっては少し変だったことに気づく。

「書かれた一日」は、やがて、言葉と共に消えてゆく。消滅してゆく。最後、一ページのなかにただ、雨の音が「使徒使徒」「死都死都」とだけ記されていく、がらんとした、からっぽの喪失感はただごとでない。

## 善意の人たちを捨てた痛み——木村紅美『雪子さんの足音』

『雪子さんの足音』
講談社、二〇一八年

木村紅美は「淡い」作家である。

犯罪、精神異常、超常現象など極端な題材はまず扱わない。貧困や離婚の問題もほとんど描かれない。そもそも「問題」から遠い位置にいる。現代社会に普通に生きている人間の普通の暮しを淡々と描く。アクが強くない。奇抜な状況はまずないし、文章も平明端正。その「淡い」世界が、現代人のとらえどころのない浮遊感をよくあらわしている。

『雪子さんの足音』は、東京の小さなアパートの大家である年老いた女性と、そのアパートに住む若い男子学生の日常を描きながら、そこにひそやかな都市生活者のそれぞれの孤独を見ようとしている。大事件は起らない。二人の関係、それにもう一人の若い女性の居住者が加わった三人のぎこちない関係が、力みのない澄んだ文章で綴られてゆく。

誰でも生きている限り、他人と関わらなければならない。そして、他人と関わる限り、知らぬまに他人を傷つけてしまうことがある。若い頃は、自分にかまけているので、他人を傷つけたことになかなか気づかないが、大人になって振返ってみると、善意の他人を傷つけていたことに気づく。それが小さな罪の意識になってふくらんでゆく。思い出すことは悔恨を抱えこむことになる。この小説を支えているのは、思い出すことによって生まれる悔恨だろう。

## 普通のなかの異常

薫という語り手（男性）は、現在、地方都市で公務員をしている。独身。夏のある日、新聞で、九十歳の老女性が、熱中症で死に、一週間後に遺体が発見されたという記事を読む。その女性、「雪子さん」は、薫が二十年前、大学三年生の時に部屋を借りていたアパートの大家だった。薫は、大学に入学し、故郷の仙台から東京に出て来て、高円寺の五日市街道の近くにあった月光荘という古ぼけた二階建てのアパートに入居した。

新聞記事を読んで、薫は、二十年前、月光荘で暮した日々を思い出す。回想の形をとっている。回想は、悔恨へとつながってゆく。「雪子さん」の善意に応えられなかったことへの。

都市生活のいいところのひとつは、村社会と違って、他人の干渉を受けることがなく、好きな時に、ひとりになれることにある。大学で美術史を学び、画家の松本竣介に惹かれている薫は、友人も好きな女性もいることはいるが、それ以上に、都市のひとりの暮しを好んでいる。

高円寺のアパートの二階に六畳の部屋を借り、ひとりの暮しに満足している。ところが徐々にその暮しに他人が入り込んでくる。

他人と付合うのがどちらかといえば苦手な若者が、否応なく他人と関わることで、人間関係の面倒な深みにはまってしまう。

大家の「雪子さん」は、善意のかたまりのような好人物で、そのために下宿人である薫の私生活に干渉してくる。「雪子さん」は、はじめ、まず食事に誘う。一階の自分の部屋に食事に来ないかという。薫は、面倒臭いと思うものの、気のいい大家が善意でしていることだから断わり切れない。

二十代前半の薫から見れば、七十歳ほどの大家の「雪子さん」は祖母のようなもの。夫にも息子にも死なれ、ひとり暮しをしている「雪子さん」にとっては、薫は孫のようなものだろう。

天ぷらや、かやくごはんを薫に振るまう。薫が卒論で松本竣介について書くと知ると、「わたしも彼の絵は大好き。美智子皇后もお好きよね。青い色が、シャガールのように独特で」と応じる。相当な教養人と分かる。

自分の手料理をおいしく食べてくれる薫を見て気をよくした「雪子さん」は、それから薫のひとりの暮しのなかに徐々に入り込む。

たびたび部屋に誘う。食事を振るまう。薫が断わると「出前」と称して、手作りの料理を部屋に運んでくる。祖母が孫にお年玉を渡すように、薫にぽち袋を渡す。一万円が入っている。薫が仙台に帰省するときは三万円もくれる。

尋常ではない。薫が見栄を張って、小説を書いているというと「パトロン」になりたいと言い出す。薫の留守中にどうも勝手に部屋に入り込むこともあるらしい。

都会のひとり暮しを楽しんでいる若者が、老女性の善意によって振り回されてゆく。このあたり、ロマン・ポランスキーの映画にありそうな「密室の恐怖」もある。ただ、無論、「淡い」木村紅美は、大仰にその恐怖を書き立てることはない。

老女性は「雪子さん」と「さん」付けで呼ばれることで、童女の無邪気さ、可愛さがある。薫はただ、その善意が億劫になる。

それだけではない。アパートには「小野田さん」という薫と同年齢の女性が住んでいる。岩手県出身。高卒で電話のオペレーターをしている。「雪子さん」と親しく、二人で「雪子さん」の部屋を「サロン」にしている。

この「小野田さん」もまた、薫に関心を持ち、薫が小説を書いていると知ると、「雪子さん」と同じように、経済援助をしたいと言い出す。ある晩など、薫の部屋に来て、自分のほうから積極的に迫る。

木村紅美は、普通の人々を描くと冒頭に書いたが、ここまで来るとむしろ「普通のなかの異常」を描きたいのではないかと思えてくる。ただ、ここでも「小野田さん」と「さん」付けになっているので、この女性も決して異常には見えない。濃厚な人間関係を求めるか、そうではないか、の差だけだろう。

結局、「雪子さん」と「小野田さん」の善意の介入が息苦しくなり、薫は月光荘を逃げるようにして出ることになる。そして、二十年後、「雪子さん」の死を知る。

恋愛や夫婦愛、あるいは親子の絆ばかりが語られるなか、この小説は、アパートという都市のなかの「もうひとつの家」における人間関係に直目したところに面白さがある。

最後、現代の薫は、若き日暮した月光荘を再訪する。そして、捨ててきた「雪子さん」と「小野田さん」への悔恨の念にとらわれる。その痛みが読者にも確実に伝わる。

## 「家族」と「ひとり」——松家仁之『光の犬』

『光の犬』
新潮社、二〇一七年

ひとは誰でも家族のなかで生まれ、育ってゆく。家庭生活のもたらす安らぎや喜びを感じ取る。同時に、ある年齢に達すれば、「家族離れ」をし、「ひとり」になってゆく。結局、「家族」と「ひとり」のあいだを揺れながら生きてゆく。

松家仁之《まついえまさし》（一九五八年、東京生まれ）の『光の犬』は、北海道の東部の町で暮す一家の物語である。といっても、よくある家族の絆や夫婦愛、親子愛が謳われるわけではない。「家族」と「ひとり」のあいだを生きる姉と弟が物語の中心になる。

町の名は「枝留《えだる》」と架空になっているが、道東の遠軽《えんがる》がモデルになっているようだ。現在、人口は二万二千人ほど。ご多分に洩れず過疎が進んでいる。

添島始は、現在、五十代のなかば。東京で大学の先生になったが、老いゆく親の問題があって、故郷の町へ戻ることになる。結婚はしていたが、子供はいない。映像制作の仕事で北アルプスのニホンライチョウの生態を追っている妻は、夫と別れ、東京に残る。

枝留の町はかつて薄荷《はっか》で栄えた。このあたりは同じ道東の北見を思わせる。父親の眞二郎は、薄荷会社の電気技師をしていた。そこで働いている女性、登代子と結婚し、やがて二人の子供に恵まれた。

添島家は格別、裕福ではないし、貧しくもない。戦後の高度経済成長を支えた、多くの中流家庭のひとつである。二人の子供を大学にやった。

松家仁之はこの小説で、普通の一家の主として、昭和から平成にかけての暮しを淡々と描いてゆく。大仰な感情移入はしないし、ここに小市民の暮しがあると言いたてることもない。ひとは家族のなかで生まれ、家族のなかで死ぬ。生と死のあいだに人生がある。その当り前のことを描いてゆく。

こういう小説は案外、少ない。大河小説に仕立てた家族の物語は多いが、松家仁之は家族の外での事件には深入りせず、ただ、家族のなかでの出来事（出産、入学、結婚、離婚、あるいは病気、死）によって、道東に生きる家族の肖像画をスケッチしてゆく。慎ましい。大きな「歴史」よりも小さな「記憶」を大事にしようとしている。この一家の人間たちが死んでしまったら、どこにも残らないような「記憶」を書き込むことで、無名の小市民の普通の生を浮き上がらせてゆく。

祖母が若い時に体験した関東大震災や、戦時中の出来事も語られるが、作者は、それ以上に、父親が好きだった釣りのこと、一家が何代にもわたって飼い続けた北海道犬のこと、始の姉の歩《あゆみ》が通った日曜学校のこと、父親がある日、突然、ステレオを買ったこと、始が中学生の時に町のレコード店で買ったレコード、ビートルズの「アビイ・ロード」のこと。

そうしたささやかな「記憶」が積み重ねられてゆく。家族とは「記憶」によって成り立っている。山田太一脚本のテレビドラマの、母親が子供たちとスーパーに買物に行く場面が記憶に残っている。子供たちが遊園地かどこかへ行きたいとすねると、母親はこんなことを言った。「いまはなんでもないことでも、大人になって思い出すと大事なことなのよ」。

松家仁之は、「家族の絆」や「家族愛」といった大きな言葉を使わず、ただ小さな「記憶」で市井の家族を語ってゆく。

## 家族の群像劇

この小説が面白いのは、語り手（視点人物）が、始だけではなく、章によって、姉だったり、父親だったり、おばだったりすること。「神の目」でもなく、固定された一人の主人公でもなく、家族、ひとりひとりが語り手になる。それが「家族」と「ひとり」のあいだの揺れを鮮明にしてゆく。

始を中心に、父親の眞二郎、母親の登代子、姉の歩、「産婆」をしていた祖母のよね、さらに隣家に住む眞二郎の三人姉妹（姉と二人の妹、始から見れば、おばになる）。家族の群像劇になっている。

ひとりひとりが、自分を、家族を、町を語る。このあたり、日本でいまも上演され続けているソーントン・ワイルダーのスモールタウンを舞台にした戯曲『わが町』を思い出させる。

枝留の町には、レコード店がある。古本屋がある。教会がある。町立の図書館がある。まだ貸出カードの時代。始はブリューゲルの画集を開き、雪景色の絵に魅せられる。

町には鉄道の駅があり、駅の近くに「智脚岩《ちきゃくいわ》」という大きな岩山がある（実際に遠軽にある瞰《がん》望岩《ぼういわ》がモデルだろう）。中学生の時、始は女友達とよくこの岩山にのぼった。中学生らしく節度を持って、手をつなぐことはなかったが、岩山の上からの眺めはよかった。

「頂上に着くと枝留の町をしばらく見渡して、とりとめのない話をした。玩具のように小さいディーゼル車が駅に入って止まり、また出ていくのを見た」

スモールタウンの様子が岩の上から一望出来る。ちなみに遠軽駅は現在、石北本線の駅だが、昭和時代には、内陸部の名寄《なよろ》まで行く名寄本線と接続していた鉄道の町だった。名寄本線は平成元年に廃線になった。北海道では、鉄道が次々に廃線になっているが、その一例。

十代のうちならスモールタウンもいいいいかもしれない。しかし、成長するうちに、小さな町では物足りなくなる。姉は札幌の大学に入学する。札幌ではじめて「雑踏」を体験する。弟の始もまた東京の大学に入学する。二人とも出郷者になる。家族離れは町離れでもある。

北海道は先住民のアイヌ民族は別にして、歴史は浅い。添島家は、眞二郎の母のよねが、信州から東京に出て「産婆」になるために勉強し、関東大震災のあと、先生にすすめられ、内務省の衛生試験所技師だった夫と共に北海道に渡った。移住者である。

先生はこんなことを言った。

「北海道へ行きなさい」「そもそも人間に潜在する能力は、北に行けば行くほど伸びるんだ」

いわば当時、北海道は本土の人間にとってフロンティアだった。祖母は枝留の町で「産婆」として働き、町に必要な人間になった。そして、眞二郎をはじめ三人の娘を産んだ。

この三人の娘、一枝、恵美子、智世は、眞二郎一家の隣に住んでいる。三人とも枝留に生まれ、小さな町から出てゆくことはないだろう。松家仁之は、三姉妹のことも、まるで自分のおばを思い出すように丁寧に描き込んでいる。ひとつの町に住み続け、そこで人生を終えようとする定着者への敬意がある。

## 死もまた「ひとり」

三人とも結婚をしていない。「産婆」の娘なのにそれぞれ子供はいない。次女の恵美子は、一度、町の時計屋の後妻になったが、軽い知的障害があるため、満足に家事も出来ず、離縁になった。いまは二人の姉の世話になっている。

長女の一枝は、町の老人ホームの副園長。三女の智世も薄荷会社などで働いている。経済的に余裕があるので、時々、二人だけで海外旅行に出かける。恵美子は留守番。

恵美子は家事は苦手でも、洗濯だけは好きだったり、犬を可愛がったり、気持が優しい。始も歩も、この余計者扱いされている叔母に好意を持っている。『光の犬』のなかで、恵美子というアウトサイダーの女性は、強く心に残る。このいわば「聖なる痴者」が物語全体に潤いを与えている。

しかし、恵美子は長年の、気がねをしながらの暮しの結果だろう、年を取ると共に鬱になり、施設に入って死んでゆく。

生の先きには、いや応なく死がある。

姉の歩は優秀で、大学で天文学を学んだあと、東京三鷹の天文台で働く。研究熱心で、これからという時、三十代の若さで癌のために死んでゆく。

弟の始が病院に何度も見舞う。最後は、枝留の教会で牧師になった幼なじみに死の儀式をしてもらう。看取られての死だから、決して孤独死ではないが、そもそも死は、その人間だけが耐えることだから、究極の「ひとり」に違いない。

全体に清澄な、静かな文章で書かれた小説だが、実は、死が数多く描かれていて、そのつど胸が締めつけられる。

姉の歩だけではない。もう一人、若者が死ぬ。枝留の町には、全国から集まってくる非行少年の更生教育のための私設の農場学校がある（実際に遠軽には、大正三年に開設された全国で唯一の民間立の男子児童のみを対象とする児童自立支援施設、北海道家庭学校がある。阿部豊監督の一九三八年の映画『太陽の子』は、ここで撮影されている)。

この学校にいる石川毅という少年は、両親が幼ない時に離婚。喧嘩沙汰を起したために学校に引き取られた。真面目に酪農の仕事をしている。

ある時、母親が重い病気にかかったと知り学校を脱走して、会いに行く。季節は冬。町は猛吹雪で、少年は吹雪のなか、ひとりで死んでゆく。ひとは、結局は、ひとりで死んでゆくと思わざるを得ない。

始が、両親や姉、おばたちのことを大事に思いながらも町を出ていったのも、いずれは、ひとはひとりにならざるを得ないと予感していたのだろう。

父親も亡くなる。おばの恵美子が亡くなったあと、残された二人のおばも、老いのため認知症が進んでゆく。生のあとに老いがあり、死があるのは避けられない。

『光の犬』が、いくつもの死を描きながら決して悲惨になっていないのは、ひとりの死を静かに受け入れようとする覚悟があるからだろう。

かつて「産婆」になるための勉強をしていた時、先生は、出産はひとりでするものだとこんなことを言った。

「野生動物の牝は、群から離れてひとりで仔をうむ。牛や馬に難産があるのは、家畜化されたからだ。人に知られたくない出産をひとりでするとき、ほとんど難産にならないのも同じ」

出産が「ひとり」でするものなら、死もまた「ひとり」なのだろう。

## 美と人生の幸福を見すえて——丸谷才一『別れの挨拶』

『別れの挨拶』
集英社文庫、二〇一七年

コーズリー（Causerie）というフランス語がある。「文芸閑談」と訳される。文芸批評のように大上段に構えたものではない。文学について、肩肘張らずに柔らかく語る。いい小説を読んだ時に、親しい友人にその面白さを伝えるように楽しみながら語る。

本書は、このコーズリーである。といっても決して、お手軽なエッセイとは違う。深い知識と、幅広い好奇心、豊かな感性に支えられている。

丸谷才一はいつも、明るく、穏やかに、文学を味わおうとする。不機嫌、尊大、深刻、非寛容を嫌う。本を賞《ほ》める時、よく「いい気持」という言葉を使う。「幸福」とも言う。そもそも、暗く湿った日本の自然主義文学や私小説が肌に合わない。病気や貧困を重々しく語る日本の閉ざされた純文学を嫌う。生真面目な写実小説を批判する。ルサンチマン（ねたみ、そねみ）で書かれた文章など問題外、粋や洒落《しやれ》っ気《け》を好み、野暮を嫌う。

「わたしは少年時代から、私小説と自然主義に支配されてゐる近代日本文学に反撥《はんぱつ》してゐて、もつと新しい傾向の小説と批評を書くことを志してゐた（略）」。この態度は一貫している。だから文化勲章を祝う会での挨拶でも「たしかにわたしは少年時代から私小説が嫌ひで、あれに反感を持つてゐて、文学的出発の当初から私小説反対を標榜《ひょうぼう》し、近代日本文学の主流に対し反旗をひるがへしてきました」と言っている。

私小説がもはや文学の主流でなくなっているいま、丸谷才一の言葉は若い世代には理解されにくいかもしれないが、丸谷才一が作家として批評家として世に出るようになった昭和三十年代まで、文学といえば、圧倒的に私小説が中心だった。丸谷才一はその流れに異を唱え続けてきた。

## 美あればこそ

丸谷才一の考え方を知るうえで恰好の文章が本書にはふたつある。ひとつは、「男の小説」という谷崎潤一郎の『猫と庄造と二人のをんな』を論じた文章。

丸谷才一によれば、戦後、昭和二十四、五年の頃、哲学者の西田幾多郎が、現在では考えられないことだが、谷崎潤一郎の文学は「人生いかに生くべきか」が書かれていないからつまらないと批判したという。この生真面目な哲学者は当時の知的大御所だったから、「谷崎の株は決定的に下落し」た。

この時、世の大勢に抗して気鋭の批評家、伊藤整が谷崎を擁護し、谷崎の人間観は「人間の生き甲斐《がい》は性的快楽」にあると評した。それを読んだ丸谷才一は、「伊藤整の圧勝だつた」と愉快そうに書く。

倫理主義に凝り固まった哲学者には、谷崎の、性的快楽こそ生の真髄という態度など理解出来る筈もなかった。哲学者は真善美のうち真善には強いかもしれないが、美にはまったく弱い。丸谷才一が、美を大事にしているのはいうまでもない。

丸谷才一の考え方がよくわかるもうひとつの文章は、吉田健一著『酒肴酒』を評した「幸福の文学」。

食や酒のエッセイがあふれている現代から見ると、不思議だが、それまで「うまい料理を食べたりうまい酒を飲んだりするのが幸福なことだ」と書いた文章はなかったという。吉田健一の『酒肴酒』の登場は「日本の文学史ではじめての事件だつた」。

無論、谷崎潤一郎という先達はいたが、丸谷才一にとっては、吉田健一が堂々と、酒と食の喜びを語ったことが新鮮に思えたのだろう（丸谷才一には『食通知つたかぶり』という食の名随筆があるのは御存知の通り）。

「幸福の文学」と題にあるように、丸谷才一は吉田健一がなぜ新鮮だったかについて、的確にこう書く。

「（略）明治末年以後の日本文学では、人生は無価値なもので生きるに価しないといふ考へ方が大はやりにはやつてゐたのだが、その考へ方と最も威勢よく争つた文学者はほかならぬ吉田さんだった（略）」

ここにもまた、丸谷才一の自然主義文学や私小説嫌い、美や人生の幸福を理解しようとしない倫理主義への反発がよくあらわれている。

## 雅の世界への愛

反発や嫌悪とはいっても、丸谷才一はそれを決して言い立てることはない。なにかが「嫌い」と言う時、他方で必ず「好き」なものを対置させる。否定のままで文章を終らせたら、丸谷才一の嫌う野暮になってしまう。否定を、肯定に置き換えてゆく。

では、丸谷才一の好きなものとは何か。

まず、和歌や『源氏物語』に代表される、雅《みや》びの世界がある。そこには儒教的倫理主義や武士道的厳格主義とは違った、たおやかな女性文化、美の世界が息づいている。性の、そして生そのもののおおらかな肯定がある。死に向かう武士文化とは違う、生へ向かう王朝文化がある。

ここで忘れてはならないのは、丸谷才一がいわゆる戦中派であり、戦争末期に兵隊に取られ、一時は死に直面した戦争体験者であるということ。軍隊の非人間性を嫌い、戦争に昂揚することもなかった、文学や芸術を愛する青年が、否応《いやおう》なく徴兵制度によって兵隊に取られる。どんなにつらかったことだろう。

この体験から、丸谷才一は、戦前の日本を支配した生真面目な文化をなんとか乗り越えようとした。そこで見出したのが、和歌や『源氏物語』に象徴されるたおやかな王朝文化だった。それは、個人の自由などないがしろにする軍国主義の対極にあるものだった。武張った、硬直した、死を賛美する武士道に対し、生を愛し、死を慈む雅びの文化だった。

そういえば、丸谷才一は、クラシック音楽も愛したが、好きな音楽家はハイドンやモーツアルトであり、決してワグナーではなかった。オペラよりも地味な弦楽四重奏曲を愛した。ベートーヴェンでも交響曲より弦楽四重奏曲を好んだ。

音楽エッセイ「クヮルテットを聴かう」のなかで、弦楽四重奏曲とは、宮廷文化を受継いだ音楽であると、卓見を述べている。

クラシック音楽は、十七、八世紀のころ、宮廷で貴族たちが楽しむ音楽として生まれた。しかし、貴族階級が衰え、市民階級が台頭してくると、音楽家たちは市民階級のために一般受けのする派手な交響曲や協奏曲を作った。その時、古来の宮廷文化の伝統を守ったのが弦楽四重奏曲をはじめとする室内楽だった。

音楽の好みにも、丸谷才一の雅びの文化への思いがこもっている。

丸谷才一が「好きなもの」はもうひとつある。若き日に学んだイギリス文学である。イギリス文学とは、ジェーン・オースティンやディケンズに代表されるように、市民の文学である。その点ではクラシック音楽における室内楽とは異なる。

近代のイギリスの中心になったのは、職業としての仕事を実直にこなし、結婚し、子供を育てる健全な市民である。イギリスの近代文学は、その市民階級のなかから生まれた。丸谷才一は、そこに文学の源泉のひとつを見ようとする。つまり、インサイダーの文学である。それに対し、西欧社会よりはるかに遅れて近代に入った日本では、市民が育たなかったため、イギリスのように市民を主人公にする小説が生まれにくかった。つまり、世の中からはずれたところに生きる作家というアウトサイダーを主人公にする私小説が主流になってしまった。近代のイギリス文学を愛する丸谷才一が私小説を嫌いになってゆくのは当然だった。

私小説には、きちんと社会のなかで仕事をし、家族のゆくすえに心を配る成熟した大人は、ほとんど登場せず、社会的責任を放棄した、そしてそれを芸術家の特権と錯覚した不健全な連中ばかりが幅を利かせている。丸谷才一はそこを批判した。

## モダニズム精神ここにあり

日本の雅びの文化、健全なイギリス文学、それだけではない。丸谷才一には、もうひとつ大事な「好きなもの」がある。

モダニズムである。丸谷才一にとって重要な作家は、ジョイスであり、吉田健一が近代文学の祖の一人として名を挙げたポーである。若き日の丸谷才一は熱心にポーを訳したし、ジョイスのあの難解な『ユリシーズ』を晩年になるまで訳し続けた（ちなみに、谷崎を擁護した伊藤整は、戦前に『ユリシーズ』を翻訳している）。

ポーもジョイスも、日本の狭苦しい、暗く湿った私小説の対極にある、豊かな物語の作家である。空想あるいは想像や幻想によって奇想天外、破天荒な物語を作り上げてゆく。丸谷才一は、そこに惹きつけられた。

そういう丸谷才一が、他方でミステリの愛読者だったことはよく知られている。だから本書のなかで、突然のように、大沢在昌の『絆回廊　新宿鮫X』を評価する文章が現われても、丸谷才一の愛読者ならまったく驚かない。むしろ、もっとミステリ評を読みたくなる。丸谷才一のモダニズムを愛する精神は、こういうところにもあらわれているし、村上春樹や池澤夏樹、辻原登ら、私小説の制約から自由になって、物語や奇譚を書き続ける若い世代の作家たちを評価するのも当然なことだろう。

丸谷才一の語り口は、親しい友人に語りかけるように柔らかい。堅苦しくない。それでいて深い知識に裏付けられているから、読者を納得させる。今日、エッセイというと、私的体験をくだけた文章で書くものを指すようになってしまったが、丸谷才一のエッセイはそうした安直な文章とはまったく違う。

「私」のことは、ほとんど語らない。私生活をあらわにすることはない。そのかわりにいい文学作品を紹介する。引用する。引用こそ、丸谷才一のコーズリーの真髄である。

丸谷才一が敬した石川淳は、こう言った。

「随筆の骨法は博《ひろ》く書をさがしてその抄をつくることにあった」（『夷斎筆談』）。

丸谷才一の文章は、まさに、この石川淳の言葉を裏付けている。誰でも書けるような平易な文章で書かれているために、つい、見過しがちになるが、文章の背後には万巻の書があるのは間違いない。

最後に「ちょっといい話」を。東京を代表する大型書店に、東京駅の前の八重洲ブックセンターがある。ここの一階奥、エレベーターの前にロッカーが置かれている。「丸谷さんのロッカー」とある。本書に収められた一文「書店に必要なもの」で丸谷才一さんが、書店でも「ロッカーを置いてはどうか」と書いた。その文章を受けて、八重洲ブックセンターではロッカーを置くことにしたという。

# 長塚節『土』

新潮文庫、一九五〇年

土と共に生きる農民の暮しをこれほど精緻に描いた小説は他にないだろう。

長塚節（一八七九―一九一五年）は茨城県西部、鬼怒川に沿った農村の富農に生まれた（現在の常総市国生《こっしょう》）。正岡子規に師事し歌を詠むようになってからも故郷の農村を離れることはなかった。自ら鍬をとった。農の人である。

「土」は明治四十三年、『朝日新聞』に連載された。当時、『朝日』の文芸欄の編集に関わっていた夏目漱石がほとんど無名の新人だった節を大抜擢した。

節は、田舎者には田舎を書くしかないと決め、長塚家の小作人をモデルに、日本の社会を底辺で支える農家の現実を、地を這う虫の目でとらえていった。

畑仕事、開墾、日雇い仕事。勘次という主人公は土を踏まない日はない。妻に死なれ、二人の子供を育てる。娘のおつぎが父親の仕事を手伝う。

農家の貧困を悲憤慷慨するわけではない。ただ淡々と勘次の日常を描き出す。時には盗みもする。よその畑の唐黍《とうもろこし》をこっそり盗み取る。亡き妻の墓の前で泣くこともある。次第に成長するおつぎが村の青年にからかわれると異様に怒る。近親相姦も暗示される。

連載が続くうちに読者の評判は悪くなっていった。都会の人間は貧農の暮しなど読みたくない。文章も、茨城弁が多く読みにくい。不評のため社内でも連載中止の声が上がった。それを、節を評価する漱石と主筆の池辺三山が抑えた。

ともすれば暗くなりがちな小説を、娘のおつぎが救っている。けなげで明るさを失っていない。父親と一緒に働く。母親がわりになって幼い弟の面倒を見る。一緒に住むことになった老いた祖父に優しくする。娘らしく針仕事を習う。

連載が終わり、春陽堂から単行本になった。漱石が序文を書いた。

名誉なことだったが、文章のなかに「蛆《うじ》同様に憐れな百姓の生活」「獣類」とあるのに節はこだわった。藤沢周平の『白き瓶　小説長塚節』にこうある。

「節は堪次やおつぎを蛆虫とか獣類とか思いながら書いたわけではない。ごく普通の人間として描いたのである」

# 中山義秀『厚物咲』

『日本文学100年の名作
第3巻』所収
新潮文庫、二〇一四年

戦前の芥川章受賞作品のなかの逸品。老いの無残、醜を描きながらなお「いのちのはてのうすあかり」がある。

片野というその七十歳になる老人は狷介偏屈、しかも吝嗇。無論、誰からも好かれない。町はずれで細々と果樹園を営んでいる。一人暮し。

もともとは造り酒屋の養子で旦那と呼ばれる身だった。しかし日露戦争後の鉱山熱に扇《あお》られて金鉱に手を出し、山師に騙された。没落が始まった。

昭和十三年（一九三八）、義秀、三十八歳の作。子供を亡くした。教師の職を辞し、筆一本に生きる覚悟を決めた。貧窮のなか糟糠の妻を失なった。冷え冷えとした孤独からこの名品が生まれた。

義秀は抑制した文で、敗残者となる片野老人の荒涼たる孤独を描いてゆく。悲哀も寂寥もない。ただ非情。

片野の妻は貧窮のなか病み、死んでゆく。老人はやせ衰えた妻を医者に診せず放置した。

妻は大金を隠し持っていた。何十年も暮しながら夫についに言わなかった。酷薄な夫への復讐だったか。

この小説には老いの平穏もささやかな清逸もない。片野老人の異様な老いを冷たい目で見つめてゆく。

老人は妻の死後、後妻をもらうが、年の離れた女郎あがりの女はすぐに老人を見捨てる。それでもなお女への執着はやまない。七十歳の老人が町の未亡人に懸想《けそう》し、なんと恋文を出す。無論、相手にされない。老人の妄執が凄まじい。

同じ町で代書屋をしている瀬谷というもう一人の老人の目で語られてゆく。幼なじみなので仕方なく片野と付合っているが、もう辟易している。

ある日、久しぶりに瀬谷は片野の家を訪ねてみる。一人暮しの老人は首をくくって死んでいた。死体のそばには誰も見たこともない純白の厚物咲《あつものざき》（菊）の鉢があった。

誰からも嫌われた老人は実は菊作りの名人だった。醜から美が生まれた。その皮肉な事実に読者は圧倒される。一種の芸術家小説になっている。

義秀には剣士だった祖父を描いた『碑《いしぶみ》』もある。剣豪小説にもすぐれた。

# 宮地嘉六『老残』

『宮地嘉六著作集　第五巻』所収
慶友社、二〇〇〇年

大正から昭和にかけての私小説作家、宮地嘉六（一八八四―一九五八年）は今日では忘れられているかもしれない。

それでも少数ながら愛読者はいる。漫画家のつげ義春は『芸術新潮』二〇一四年一月号でのインタヴューで、好きな作家のひとりとして宮地嘉六の名を挙げている。地味好みのつげ義春らしい。

嘉六は佐賀市の生まれ。父親は旅館を営んでいた。十代の嘉六は、父の後妻に冷たくされ、家を飛び出した。佐世保の造船所で職工になり、以後、呉、東京、神戸を転々とした。作家となったが、職工を主人公にした小説は広く読まれず、貧乏暮しが続いた。結婚したが、奥さんは幼ない子供二人を置いて家を出てしまった。以後、再婚せず男やもめとして二人の子供を育てた。

貧乏暮しを描いた小説が多いが、決してじめつかず、飄逸なユーモアがある。

『老残』は、終戦直後の話。子供二人を罹災者寮に預け、六十歳を過ぎた作家は焼跡でバラック暮しをしている。その場所が、総理大臣官邸の崖下というのが愉快。当時は焼野原だった。

後の混乱期、収入の当てもなくその日暮し。ある日、引揚者の女性のために判子《はんこ》を作ってやったのをきっかけに、判子作りを思いつく。子供の頃、近所の判子屋で手ほどきを受けたことがあった。

霞ケ関あたりの路上で、易者や靴磨きと並んで判子屋を開く。これが思いの他当たり、なんとか食いつないでゆく。

実際は大変だったろうが、小説のなかの「私」は、いたってのんきに構えている。どこか仙人のよう。いま読むとまるでつげ義春の漫画の主人公を思わせる。世を恨むでもないし、嘆き悲しむでもない。わが道を往く飄々とした暮しぶりが、読者をなごませてくれる。最後、思いがけず手に入ったウィスキーでいい気持になり、自分で自分の弔辞を読んでみる。「君は天才ではなかったが、よく六十五歳の長きを生きた」。

少数ながら嘉六好きはいるのだろう、慶友社から全六巻の著作集が出版されている（一九八四―八五年）。表紙に自作の印があしらわれている。

## 尾崎一雄『暢気眼鏡・虫のいろいろ　他十三篇』

岩波文庫、一九九八年

私小説というと暗く、湿った破滅型の小説を思い浮かべがちだが、尾崎一雄の作品世界は、清朗、飄々たる味がある。志賀直哉に学んだ作家だけに、むきだしの告白や仰々しい描写とは縁がない。

自身を思わせる作家と、芳兵衛と愛称で呼ばれる妻の物語が中心になる。尾崎一雄は若い頃、放蕩無頼に溺れ、亡父から受継いだそれなりの資産をなくした。

貧乏暮らしのなか、ひとまわり以上年下の女性と結婚した。まだ女学校を出たばかりで、およそ世間知らずの若い妻は、天衣無縫、無邪気だった。

この妻をモデルに一連の「芳兵衛もの」を書き、これで芥川賞を受賞。作家として立った。「芳兵衛」はもちろんかなり脚色されているが、貧乏など苦にしない、いたって明るい女性。

本書に収録された「暢気眼鏡」「芳兵衛」「燈火管制」「玄関風呂」は、芳兵衛との貧乏暮しが泰然と描かれる。

芳兵衛（芳枝）は金歯がぐらつくと、それを抜きとり、売ったお金でドラ焼きを買おうと平気でいうようなのんきな女性（「暢気眼鏡」）。

おかげで貧しい夫婦の暮しはのどか。電気代が払えなくなり、電気をとめられてしまうと二人で夜の町を散歩する。家に帰ると縁側で月見をしながら食事する（「燈火管制」）。念願の風呂桶を買ったものの置く場所がなく仕方ないので玄関に置く話（「玄関風呂」）など貧のなかに憩いあり。

東京の早稲田あたりの下宿で暮したが、尾崎が胃潰瘍になり、昭和十九年、故郷の、小田原に近い下曽我に戻った。

そこから「下曽我もの」と呼びたい閑寂枯淡の作品が生まれる（「父祖の地」「落梅」「虫のいろいろ」「美しい墓地からの眺め」「蜜蜂が降る」など）。

病弱の身ゆえ、身近な庭、木や花、虫、そして近くに見える相模湾や富士山が題材となった。家庭小説の健全に世捨人の平穏が加わった。

尾崎一雄が描くと、蜂や蜘蛛、梅の木や楠が小宇宙の輝きを持った。老いのゆとりゆえだろう。地味で端正な作家だが意外なことに三島由紀夫が評価した。

# あとがき

主として、ここ五年ほどのあいだに書いた文学作品についての文章を収めている。

七十歳を過ぎた評論家として、いま相反するふたつの気持がある。ひとつは、もう年齢だから現代の作家からは身を引いて、昔の作家の作品だけを読んでいたい。他方、こうも思う。まだこの時代に生きているのだから、現代作家の新しい作品も読んでいたい。

この相反する気持が交り合ったところに、本書はある。その結果、若い木村友祐や木村紅美と、昭和の林芙美子や永井龍男、野口冨士男らが並んでいる。

短文だが、森鷗外や佐藤春夫、中山義秀や宮地嘉六、尾崎一雄の作品に触れた文章を入れたのは、昔の作家の世界にひたりたいという思いから。

相反する気持と言えば、一方で、幻想小説や奇譚に惹かれながら、他方で、昔ながらの私小説も面白いと思ってしまう矛盾がある。

私小説の湿っぽさには時に辟易するが、文章の美しさには感嘆する。「私小説は詩だ」と言ったのは確か昭和の作家、神西清だが、私小説の古さのなかには、現代では失われてしまった詩の美しさがある。

総じて昔の作家の文章はいい。年齢を重ねるほどにそう思う。中山義秀の『厚物咲』や宮地嘉六の『老残』の端正な文章にも詩を感じる。あえて、現代作家を論じた文章の隣りに、昔の作家を紹介した文章を置いたゆえん。

本書を、『物語の向こうに時代が見える』（二〇一六年）に続いて春秋社から出せるのを、いまとりわけうれしく思う。

というのは――、近年、よく手に取る本に岩本堅一『素白随筆』がある。これが昭和三十八年に春秋社から出版されている。全三巻の『岩本素白全集』も春秋社（昭和四十九年―五十年）。

素白岩本堅一（明治十六年―昭和三十六年）は深い学識を持った国文学者だが、潔癖謙虚な文人でもあり、世に出ることを好まず市隠のような暮しに徹した。そのため著作はきわめて少ない。手元の『素白随筆』も『岩本素白全集』も没後に出版された。

小さな旅や散歩を愛し、その随筆は平明端正な名文が多く、志賀直哉や広津和郎が愛読した。近年では、ドイツ文学者の池内紀さんが評価している。

素白は、永井荷風を景仰した。路地や陋巷《ろうこう》を好んで歩いたのは明らかに荷風の影響が感じられる。素白の「江戸繁昌記瞥見」（『岩本素白全集』第三巻）には、荷風の『日和下駄』に「興を覚えた」とある。

いま、この「あとがき」を書くにあたって『素白随筆』を手にしたら、「独り行く」のなかに、こんな文章を見出した。

素白は若い頃から、「それ程人の騒がぬ」土地や場所を一人で歩くのが好きだったと書いたあと、こう続けている。

「寂寥の無い所には詩も無く愛も無い。沁々《しみじみ》と物を味《あじわ》ふために、嚙みしめて見るために私は独りで行く」

この言葉に共感する。

いま本書を、『素白随筆』と同じ春秋社から出せるのを本当にうれしく思う。『物語の向こうに時代が見える』に続いて本書を作ってくれた春秋社編集部の篠田里香さんに深く感謝したい。

平成三十年五月

川本三郎

# 初出一覧

## 第1章

安吾の「ぐうたら」を裏打ちするもの（坂口安吾『日本文化私観』解説、中公クラシックス、二〇一一年）
貧乏を愛した作家、林芙美子（林芙美子『風琴と魚の町・清貧の書』解説、新潮文庫、二〇〇七年）
「終戦日記」に見る敗戦からの復興（『東京人』都市出版、二〇一六年九月号）
抑制の作家、永井龍男（永井龍男『東京の横丁』解説、講談社文芸文庫、二〇一六年）
「旧幕もの」の魅力（『東京人』二〇一八年二月号）
若者の青春と台湾現代史（『調査情報』ＴＢＳメディア総合研究所、二〇一五年七・八月号）
ホームレスの行方（「學鐙」丸善出版、二〇一七年秋号）
小さな地方都市で起きた大きな事件（『調査情報』二〇一三年五・六月号）
出生の秘密の小説を書くこと（『調査情報』二〇一七年十一・十二月号）
一条の光（乙川優三郎『五年の梅』解説、新潮文庫、二〇〇三年）
言葉が不意に襲ってきた（長谷川櫂『震災歌集　震災句集』解説、青磁社、二〇一七年）

**◆小さな図書室**

森鷗外『阿部一族・舞姫』（『週刊新潮』二〇一六年十一月十七日号）
古山高麗雄『湯タンポにビールを入れて』（『週刊新潮』二〇一六年十二月八日号）

水上滝太郎『銀座復興　他三篇』（『週刊新潮』二〇一六年六月十六日号）
邱永漢『香港・濁水渓』（『週刊新潮』二〇一六年九月二十二日号）
梶山季之『族譜・李朝残影』（『週刊新潮』二〇一五年二月四日号）

第2章

荷風の描いた、快楽を肯定するひかげの女たち（『東京人』二〇一七年十二月号）
芸者だった母への深い想い（野口冨士男『風の系譜』解説、講談社文芸文庫、二〇一六年）
ひそやかな小宇宙（尾崎真理子『ひみつの王国——評伝 石井桃子』解説、新潮文庫、二〇一八年）
恢復のミューズ（大江健三郎『美しいアナベル・リイ』解説、新潮文庫、二〇二〇年）
すぐ隣りにある犯罪（『調査情報』二〇一六年十一・十二月号）
帰ってゆく父（中島京子『長いお別れ』解説、文春文庫、二〇一八年）

◆小さな図書室
森鷗外『澁江抽斎』（『週刊新潮』二〇一四年十月二十三日号）
佐藤春夫「女誡扇綺譚」（『週刊新潮』二〇一五年七月二日号）
芹沢光治良『巴里に死す』（『週刊新潮』二〇一六年九月八日号）
野呂邦暢『諫早菖蒲日記』（『週刊新潮』二〇一六年三月十日）
伊藤整『変容』（『週刊新潮』二〇一五年十二月十日号）

第3章

断念から始まる（山川方夫『春の華客・旅恋い』解説、講談社文芸文庫、二〇一七年）

現代の農に生きる者（『調査情報』二〇一七年三・四月号）
もうひとつの世界（筒井康隆『敵』解説、新潮文庫、二〇〇〇年）
善意の人たちを捨てた痛み（『群像』講談社、二〇一八年三月号）
「家族」と「ひとり」（『調査情報』二〇一八年三・四月号）
美と人生の幸福を見すえて（丸谷才一『別れの挨拶』解説、集英社文庫、二〇一七年）

**◆小さな図書室**
長塚節『土』（『週刊新潮』二〇一五年九月十七日号）
中山義秀『厚物咲』（『週刊新潮』二〇一四年十一月二十日号）
宮地嘉六『老残』（『週刊新潮』二〇一五年十二月二十四日号）
尾崎一雄『暢気眼鏡・虫のいろいろ 他十三篇』（『週刊新潮』二〇一四年十二月十八日号）

## 著者略歴

**川本三郎**　（かわもと・さぶろう）

1944年東京生まれ。東京大学法学部卒業。評論家。1991年に『大正幻影』（新潮社、岩波現代文庫）でサントリー学芸賞、1997年に『荷風と東京』（都市出版、岩波現代文庫）で読売文学賞、2003年に『林芙美子の昭和』（新書館）で毎日出版文化賞、桑原武夫学芸賞、2012年『白秋望景』（新書館）で伊藤整文学賞を受賞。著書に、『ロードショーが150円だった頃』（晶文社）、『成瀬巳喜男　映画の面影』『「男はつらいよ」を旅する』（いずれも新潮選書）、『サスペンス映画　ここにあり』（平凡社）、『映画の戦後』（七つ森書館）、『我もまた渚を枕』（ちくま文庫）、『ギャバンの帽子、アルヌールのコート』『東京抒情』『物語の向こうに時代が見える』（いずれも春秋社）、『老いの荷風』（白水社）などがある。

# 「それでもなお」の文学

2018年７月20日　初版第１刷発行

著者Ⓒ＝川本三郎
発行者＝澤畑吉和
発行所＝株式会社 春秋社
〒101-0021 東京都千代田区外神田 2-18-6
電話 (03)3255-9611（営業）・(03)3255-9614（編集）
振替　00180-6-24861
http://www.shunjusha.co.jp/
印刷所＝信毎書籍印刷 株式会社
製本所＝ナショナル製本協同組合
装　丁＝伊藤滋章


Printed in Japan
ISBN 978-4-393-44422-1　C0095
定価はカバー等に表示してあります

＊川本三郎の本＊

## 物語の向こうに時代が見える

丸谷才一、吉村昭、角田光代、桜木紫乃……。時代の荒波を賢明に生きる人々を描いた文学は何を語りかけているのか。戦後日本と同年齢の著者が人の強さと優しさを見つめる時代論。　2000円

## 東京抒情

荷風が歩いた荒川放水路、乱歩がいた池袋、アドバルーン煌めく銀座。青年時代の思い出、忘れ得ぬ映画・文学、町歩きを通して、生活の匂いがする懐かしい東京へと読者を誘う。　1900円

## ギャバンの帽子、アルヌールのコート

懐かしのヨーロッパ映画

一九五〇～六〇年代、映画は青春そのものだった。『第三の男』『現金に手を出すな』に心躍らせ、ロッシ・ドラゴ、アルヌールの美貌に息を呑んだ日々を今一度味わう「本の名画座」。　2000円

価格は税別。